人教版语文同步阅读 课文作家作品系列

与象共舞
——赵丽宏散文集

赵丽宏 著

人民教育出版社
北京

图书在版编目（CIP）数据

与象共舞：赵丽宏散文集/赵丽宏著．—北京：人民教育出版社，2014.1（2019.11重印）
（课文作家作品系列）
ISBN 978-7-107-27665-1

Ⅰ.①与… Ⅱ.①赵… Ⅲ.①散文集—中国—当代 Ⅳ.①I267

中国版本图书馆CIP数据核字（2014）第002016号

人教版语文同步阅读 课文作家作品系列 与象共舞
责任编辑：王林
装帧设计：北京学友园文化发展有限公司
插　　图：欧欧卡
封面设计：杨静

出版发行	人民教育出版社
	（北京市海淀区中关村南大街17号院1号楼 邮编：100081）
网　　址	http://www.pep.com.cn
经　　销	全国新华书店
印　　刷	北京恒艺博缘印务有限公司
版　　次	2014年1月第1版
印　　次	2019年11月第10次印刷
开　　本	890毫米×1240毫米　1/32
印　　张	5
字　　数	100千字
定　　价	15.00元

版权所有·未经许可不得采用任何方式擅自复制或使用本产品任何部分·违者必究
如发现内容质量问题、印装质量问题，请与本社联系。电话：400-810-5788

绿色印刷　保护环境　爱护健康

亲爱的读者朋友：
　　本书已入选"北京市绿色印刷工程——优秀出版物绿色印刷示范项目"。它采用绿色印刷标准印制，在封底印有"绿色印刷产品"标志。
　　按照国家环境标准（HJ2503—2011）《环境标志产品技术要求　印刷　第一部分：平版印刷》，本书选用环保型纸张、油墨、胶水等原辅材料，生产过程注重节能减排，印刷产品符合人体健康要求。
　　选择绿色印刷图书，畅享环保健康阅读！
北京市绿色印刷工程

目 录

与象共舞 …………………………………… 1
雨中 ………………………………………… 6
在急流中 …………………………………… 9
蝈蝈 ………………………………………… 11
咬人草 ……………………………………… 14
假如你想做一株腊梅 ……………………… 17
看雪 ………………………………………… 21
说荷 ………………………………………… 25
望星空 ……………………………………… 28
独钓寒江雪 ………………………………… 32
劝学和惜时 ………………………………… 34
水迹的故事 ………………………………… 37
死,是可以议论的 ………………………… 40
宽容 ………………………………………… 44
太湖黄昏 …………………………………… 48
亲爱的母亲河 ……………………………… 50
蓝色的抚仙湖 ……………………………… 56
古玉崧泽 …………………………………… 62
庞贝晨昏 …………………………………… 68
雨中斜塔 …………………………………… 73
在柏林散步 ………………………………… 78

袋鼠和考拉 …………………………………… 84
远去的歌声 …………………………………… 88
汉陶马头 ……………………………………… 93
致音乐 ………………………………………… 96
为你打开一扇门 ……………………………… 98
汉字之魅 ……………………………………… 103
用文字画出天籁 ……………………………… 106
祈望 …………………………………………… 109
小偷 …………………………………………… 111
绿翡翠 ………………………………………… 117
蛇 ……………………………………………… 121
月光如泪 ……………………………………… 127
智慧女神 ……………………………………… 131
今月曾照古时人 ……………………………… 137
城中天籁 ……………………………………… 143

作家和你面对面 …………………………… 153
编后 ………………………………………… 156

与象共舞

在泰国，如果你在公路边的草丛或者树林里遇到一头大象，那是一件很自然的事情。不必惊奇，也不必惊慌，大象对蚂蚁一般的人群早已熟视无睹，它会对着你摇一摇它那对蒲扇般的大耳朵，不慌不忙地继续走自己的路。那种悠闲沉着的样子，使你联想到做一个人的焦虑和忙乱。

象是泰国的国宝。这个国家最初的发展和兴盛，和象有着密切的关系。大象曾经驮着武士冲锋陷阵，攻城夺垒，曾经以一当十、以一抵百地为泰国人服役做工。被驯服的象群走出丛林的那一天，也许就是当地文明的起源。泰国人对象存有亲切的感情，一点儿也不奇怪。

在国内看大象，都是在动物园里远观，人和象隔着很长的距离。在泰国，人和象之间没有了距离，很多次，我和象站在一起，象的耳朵拍到了我的肩膀，象的鼻息喷到了我的身上。起初我有些紧张，但看到周围那些平静坦然的泰国人，神经也就松弛了。在很近的距离看大象的脸，我发现，象的

表情非常平静。那对眼睛相对它的大脑袋，显得极小，但目光却晶莹而温和。和这样的目光相对，你紧张的心情会很自然地松弛下来。

据说象是一种通人性的动物。在泰国，大象用它们的行动证实了这种说法。在城市里看到的大象，多半是一些会表演节目的动物演员。在人的训练下，它们会踢球，会倒立，会骑车，会用可笑的姿态行礼谢幕。最有意思的是大象为人作按摩。成排的人躺在地上，大象慢慢地从人丛里走过去，它们小心翼翼地在人与人之间寻找着落脚点，每经过一个人，都会伸出粗壮的脚，在他的身上轻轻地抚弄一番，有时也会用鼻子给人按摩。一次，我看到一头象用鼻子把一位女士的皮鞋脱下来，然后卷着皮鞋悠然而去，把那躺在地上的女士急得哇哇乱叫。脱皮鞋的大象一点儿也不理会女士的喊叫，用鼻子挥舞着皮鞋，绕着围观的人群转了一圈，才不慌不忙地回到那女士身边，把皮鞋还给了她。那女士又惊又尴尬，只见大象面对着她，行了一个屈膝礼，好像是在道歉。那庞大的身躯，屈膝点头时竟然优雅得像一个彬彬有礼的绅士。

最使我难以忘怀的，是看大象跳舞。那是在芭堤雅的东巴乐园，一群大象为人们作表演。表演的尾声，也是最高潮。在欢乐的音乐声中，象群翩翩起舞，观众都涌到了宽阔的场地上，人群和象群混杂在一起舞之蹈之，热烈的气氛感染了在场的每一个人。舞蹈的大象，看起来没有一点儿笨重的感觉，它们随着音乐的节奏摇头晃脑，跺脚抬腿，前后左右颠动着身子，长长的鼻子在空中挥舞。毫无疑问，它们和人一起，陶醉在音乐中。这时，它们的表情仿佛也是快乐的，我想，如果大象会笑，此刻的表情便是它们的笑颜。

看着这群和人类一起舞

蹈的大象，我突然想起了多年前听说过的一个关于象的故事。这个故事发生在俄罗斯的一个动物园，一天，一头聪明的大象突然对饲养员开口说话，饲养员不相信自己的耳朵，然而大象竟清晰地用低沉的声音喊出了他的名字……当时看到这篇报道时，我认为这是无稽之谈。此刻，面对着这些面带微笑、和人群一起忘情舞蹈的大象，我突然相信，那故事也许是真的。

离开泰国前，到一家皮革商店购买纪念品，售货员拿出一只橘黄色的皮包，很热情地介绍说："这是象皮包，别的地方买不到的！"我摸了摸经过鞣制而变得柔软光滑的大象皮，手指竟像触电一般。在这瞬间，我眼前出现的是大象温和晶莹的目光，还有它们在欢乐的音乐中摇头晃脑跳舞的模样……

人啊人，如果我是大象，对你们，我还有什么话可说！

雨中

傍晚，天边飘来一朵暗红色的云。天还没落黑，就淅淅沥沥下起雨来。

热闹了一天的城市，在雨中渐渐安静下来。汹涌的人潮流进了千家万户，水淋淋的马路，像一条闪闪发光的绸带，在初夏的绿荫中轻轻地飘。一群刚刚放学的孩子撑着的雨伞，仿佛是浮动的点点花瓣；偶尔过往的车辆，就像水波里穿梭的小船……

一个年轻的姑娘拉着一辆小运货车，在雨中急匆匆地走来。车上，装着两大筐苹果，红喷喷的，黄澄澄的，堆得冒出了箩筐。许是心急，许是路滑，在马路拐弯处，只见小车一歪，一只箩筐，翻倒在马路上，又圆又红的大苹果，滴溜溜地在湿漉漉的路面上蹦跳着，蹦到了马路中间，跳到了马路对面，一时滚得满地都是。姑娘赶紧放下车把，慌里慌张拾了起来。几百个苹果散了一地，哪里来得及捡呢！姑娘捡起了这个，滚走了那个，眼看，汽车嘟嘟叫着从远处驶来……

正好，有一群放学回家的孩子走过这里，没等姑娘招呼，他们就奔过去，七手八脚地捡了起来。姑娘直起身子，不由皱起了眉头，哦，假使遇上一帮淘气的孩子，每人捡几个苹果一哄而散，挡也没法儿挡呀！仿佛看出了她的焦虑，一个胖乎乎的小男孩走到她身边，说："不要着急，大姐姐，一个苹果也不会少！"说罢，他解下脖子上的红领巾，大声叫道："刚刚、彬彬、小军，来，跟我封锁交通！"然后，又不停地摆动红领巾，向驶近的汽车大声叫着："停一停！停一停！"

一辆大卡车停下来了。司机是个小伙子，他把头伸出车窗一瞧，笑了，然后砰的一声打开车门，跳下车和孩子们一块儿捡起苹果来。一辆小轿车停下来了，一位满头白发的老人也走下车来了。路边，过往的行人也来了。大大小小的人们混在一起，追逐着满地乱滚的苹果，宁静的马路顿时热闹起来……

这一切，发生得这样突然，又结束得这样迅速。那位运苹果的姑娘，还没来得及说声谢谢，帮助拾苹果的人们已经消散在雨帘里。孩子们嬉笑着撑开伞，唱着歌儿走了，卡车和轿车也开走了。只有那一筐散而复聚的大苹果，经过这一趟小小的旅行，变得水淋淋的，在姑娘身边闪着亮晶晶的光芒。

两筐苹果，几个孩子，一场为夏天的闷热带来的万般清凉的雨……这些本来毫不相干的事物，在一个偶然的机会里，却相互关联着，组成了一个并不宏大、却十分动人的场面——留下了很多的深思，随着这绵绵长长的雨点，随着这拂拂而来的夜风，流进了一条条大街小弄，或许，也流进了人们的心里……

在夏天，这样的雨是很多的。

我盼望着……

雨，还在飘飘洒洒。恢复了宁静的马路，依然像条闪光的绸带，在雨帘里轻轻地飘。运苹果的姑娘目送着孩子们彩色的雨伞，突然感到，这初夏的雨点，是那么清凉；这雨中的世界，是那么清新……

在急流中

贝江，从迷蒙的深山中流出来。湍急的流水，在曲折的河道中卷着浪花，打着旋涡，一路鸣响着奔向远方。

轮船顺流而下，江水拍击船舷，溅起一排排水花。我站在船头，以悠闲的心情欣赏周围的风景，江两岸是绿荫蓊翳的青山，山坡上覆盖着翠竹和杉树，还有杜鹃。我想，若是在春天，漫山遍野的杜鹃盛开时，一定会美得惊人。

我向前方望去，只觉得眼帘中一亮。急流汹涌的江面上，远远地出现了一只小筏子，就像一只灵巧的小蜻蜓，落在水里拼命挣扎着逆流而上。划竹筏的好像是一个女人，因为远，看不清她的面容，只见她双手不停地划桨，驾驭着筏子，灵巧地避开浅滩和礁石，在湍急多变的江水中曲折前行。她的身后背着一个红色的包裹，远远看去，像一朵随波漂流的红杜鹃。

很快，小筏子就到了大船的跟前。划竹筏的，竟是一个年轻的少妇，她的神色安详，平静的目光注视着前方。她身后的红包裹，原来是一个襁褓，她是背着自己的孩子在江上赶路。我向她挥手，她朝我微笑了一下，脸上泛起一片红晕，马上又将目光投向江面，双手奋力划桨，继续在急流中探寻安全的通道。我发现，襁褓中的孩子将脑袋靠在母亲的肩膀上，正在酣睡，筏子上的颠簸和江上的惊险，他居然一无所知。

小筏子和大船擦肩而过，我们的相逢只在一瞬间。在这瞬间里，我感到惭愧。我，一个游山玩水者，悠闲地站在平稳的大船上欣赏风景；而她，一个背负儿女的母亲，却驾着小小的筏子在急流中搏斗。

回头看，那小筏子很快便消失在远方，只有那簇耀眼的红色，在水烟迷蒙的江面上一闪一闪，像一簇不熄的火苗……

在贝江上见到的这一幕，我很难忘记。急流中那位驾筏少妇安详的神态、坚定的眼神、奋力划桨的动作，还有她那在襁褓中安睡的孩子，这一切，组合成一幅感人的图画，留存在我的记忆中，再也不会消失。在城市人声喧嚣的天地里，有几个人能像她那样勇敢沉着地面对生活的急流呢？

蝈蝈

窗台上挂起一只拳头大小的竹笼子。一只翠绿色的蝈蝈在笼子里不安地爬动着,两根又细又长的触须不时从竹笼的小圆孔里伸出来,可怜巴巴地摇晃几下,仿佛在呼唤、祈求着什么。

"怪了,它怎么不肯叫呢?买的时候还叫得起劲。真怪了……"一位白发老人凑近蝈蝈笼子看了半天,嘴里在自言自语。

老人的孙子和孙女,两个不满八岁的孩子,也趴在窗台上看新鲜。

"它不肯叫,准是怕生。"小女孩说。

"把它关在笼子里,它生气呢!"

小男孩说着,伸出小手去摘蝈蝈笼子。

"小囡家,别瞎说!"老人把笼子挂到小孙子摘不到的地方,然后又说,"别着急,它一定会叫的!"

整整一天,蝈蝈无声无息。两个孩子也差点儿把它忘了。

第二天,老人从菜篮里拿出一只鲜红的尖头红辣椒,撕成细丝塞进小竹笼里,"吃了辣椒,它就会叫的。"他很自信。两个孩子又来了兴趣，趴在窗台上看蝈蝈怎样慢慢把一丝丝红辣椒吃进肚子里去。

整个白天，蝈蝈还是没有吱声，只是不再在小笼子里爬上爬下。夜深人静的时候，蝈蝈突然叫起来，那叫声又清脆又响，把屋里所有的人都叫醒了。

"听见了吗？它叫了，多好听！"老人很有点儿得意。

两个孩子睡眼蒙眬，可还是高兴得手舞足蹈，把床板蹬得咚咚直响。

蝈蝈一叫就再也没有停下来，从早到晚，不知疲倦地叫，叫……它不停地用那清脆洪亮的声音向这一家人宣告它的存在，很快，他们就习以为常了。蝈蝈的叫声仿佛成了这个家庭的一部分。

蝈蝈的叫声毕竟太响了一点儿。在一个闷热得难以入睡的夜晚，屋子里终于发出了怨言：

"烦死了，真拿它没办法！"说话的是孩子的父亲。

"爸爸，蝈蝈为什么不停地叫呢？"

男孩问了一句，可大人们谁也不回答。于是两个孩子开始自问自答了。

"它大概也热得睡不着,所以叫。"

"不!它是在哭呢!关在笼子里多难受,它在哭呢!"

大人们静静地听着两个孩子的议论,只有白发老人,用只有自己能听见的声音叹息了一声……

早晨醒来时,听不见蝈蝈的叫声了。两个孩子趴在窗台上一看,小笼子还挂在那儿,可里面的蝈蝈不见了。小笼子上有一个整齐的口子,像是用剪刀剪的。

"它咬破了笼子,逃走了。"老人看着窗外,自言自语地说。

咬人草

在新疆，有一次到山里访问哈萨克牧人，很偶然地认识了一种奇怪的植物。

如果不是新疆友人介绍，我决不会注意它们。那是在爬坡的路上，走在前面的友人突然大声叫起来："小心！咬人草！"

咬人草？草会咬人？我有点儿不相信。这是生在路边的一种普普通通的草本植物，叶色暗绿，有点儿像深秋经霜后的菊，没有什么可怕的地方。

"可别轻视了它，碰它一下，就像被毒蜂蜇一样，手上要肿痛好几天呢！"友人正儿八经地关照我，绝无开玩笑的意思。

这越发激起了我的好奇心。我俯下身子，绕着一丛咬人草仔细看了半天，除了发现叶瓣上有一些细小的透明的刺之外，没有任何特别之处。我掏出随身带着的旅行剪刀，用摊开的笔记本接着，小心翼翼地剪下两片叶瓣。我要把它们带回去，让上海的朋友们也能见识一下这种怪草。

"算了吧，它会咬你呢。"友人笑着劝我。

"不怕,小心点不就行了。"我很自信地回答。

会咬人的草叶被夹进了我的笔记本,我却安然无恙。这叶瓣似乎有些桀骜不驯,硬硬的,不肯平伏,那些尖尖的小刺竟戳穿了两页纸。但不管怎么样,它们是我的俘虏了。我想,这种小草的会咬人,也许如同河豚的有毒,如同海胆的有刺,如同贝类的有壳,只是它在同其他生物的生存竞争中形成的一种自卫本能。它足以使觅食的野马和羚羊们望而却步了。然而,在人类面前,这些低级生物的小小把戏又算得了什么呢。

几天以后,我几乎淡忘了这小草。一次,我翻开笔记本准备记一些什么,还没有来得及写一个字,只觉得手指上猛地一阵剧痛,就像被尖利的牙齿狠狠咬了一口。我一下子把笔记本摔出老远,那两片干草叶从本子里掉出来,落在我的脚边——依然是硬硬的,一副倔强的模样,仿佛一对暗绿色的眼睛,冷冷地嘲笑着我……

呵,咬人草,它终于咬了我!

咬是被咬了,我却并没有记恨,相反,倒生出一种敬佩的心情来——这任人践踏的、可怜的小草,性格的刚强不屈竟至于此!它似乎要提醒我一些什么……

我没有再把草叶夹进笔记本,而是任它们在沙土中躺着。因为我确信,假如带着它们,我一定还会被咬的,我不可能老是警觉地惦记着它们,防着它们,也不可能改变它们的性格。与其强迫它们耿耿于怀地跟着我,不如让它们在自己的母土中找到归宿。

然而,关于这咬人草的故事,我是很难忘记了。

假如你想做一株腊梅

果然,你喜欢那几株腊梅了,我的来自南方的朋友。

你的钦羡的目光久久停留在我的书桌上,停留在那几株刚刚开始吐苞的腊梅上。你在惊异:那些看上去瘦削干枯的枝头,何以竟结满密匝匝的花骨朵儿?那些看上去透明的、娇弱无力的淡黄色小花,何以竟吐出如此高雅的清香?那清香不是静止的,它无声无息地在飞,在飘,在流动,像是有一位神奇的诗人,正幽幽地吟哦着一首无形无韵然而无比优美的诗。腊梅的清香弥漫在屋子里,使我小小的天地充满了春的气息,尽管窗外还是寒风呼啸、滴水成冰。我们都深深地陶醉在腊梅的风韵和幽香之中。

你久久凝视着腊梅,突然扑哧一声笑起来。

"假如下一辈子要变成一种植物的话,我想做一株腊梅。你呢?"

你说着笑着就走了,却留给我一阵好想。假如,你真的变成一株腊梅,那会怎么样呢?我默默地凝视着书桌上那几株腊梅，它们仿佛也在默默地看我。如果那流动的清香是它们的语言的话，那它们也许是在回答我了。

好，让我试着来翻译它们的语言，你听着——

假如你想做一株腊梅，假如你乐意成为我们家族中的一员，那么你必须坚忍，必须顽强，必须敢于用赤裸裸的躯体去抗衡暴风雪。你能么？

当北风在空旷寂寥的大地上呼啸肆虐，冰雪冷酷无情地封冻了一切扎根于泥土的植物，当无数生命用消极的冬眠躲避严寒的时候，你却应该清醒着，应该毫无畏惧地伸展出光秃秃的枝干，并且要把毕生的心血都凝聚在这些光秃秃的枝干上，凝结成无数个小小的蓓蕾，一任寒风把它们摇撼，一任严霜把它们包裹，一任飞雪把它们覆盖……没有一星半瓣绿叶为你遮挡风寒！你能忍受这种煎熬么？也许，任何欢乐和美都源自痛苦，都经历了殊死的拼搏，但是世人未必都懂得这个道理。

假如你想做一株腊梅，你必须具备牺牲精神，必须毫无怨言地奉献出你的心血和生命的结晶。你能么？

当你历尽千辛万苦，终于迎着风雪开放出你的小小的花朵，你一定无比珍惜这些美丽的生命之花。然而灾祸常常因此而来。为了在万物肃杀时你的一枝独秀的花朵，为了你的预报春天信息的清香，人们的刀斧和钢剪将会无情地落到你的身上。你能承受这种牺牲么？也许，当你带着刀剪的创痕进入人类的厅堂，在一只雪白的瓷瓶或者一只透明的玻璃瓶里默默完成你生命的最后乐章时，你会生出无穷的哀怨，尽管有许多人微笑着欣赏你，发出一声又一声由衷的赞叹。如果人们告诉你：奉献和给予是一种莫大的幸福，你是不是同意呢？

假如你想做一株腊梅，你必须忍受寂寞，必须习惯于长久地被人们淡忘冷落。你能么？

请记住，在你的一生中，只有结蕾开花的那些日子你才被世界注目。即使是花儿盛开之时，你也是孤零零的，没有别的什么花卉愿意和你一起开放，甚至没有一簇绿叶陪伴你。"好花须得绿叶扶"，这样的格言与你毫不相干。当冰雪消融，当温暖的春风吹绿了世界，当万紫千红的花朵被水灵灵的绿叶扶衬着竞相开放，你的花儿早已谢落殆尽。这时候，人们便忘记了你。春之圆舞曲是不会为你奏响的。

假如你问我：那么，你们何必要开花呢？

我要这样回答你：我们开花，决不是为了炫耀，也不是为了献媚，只是为了向世界展现我们的风骨和气节，展现我们对生命意义的理解。当然，我们的傲骨里也蕴藏着温柔的谦逊，我们的沉默中也饱含着浓烈的热情。这一切，人们未必理解。你呢？

我把做一株腊梅的幸与不幸、欢乐与痛苦都告诉你了。现在，请你告诉我，你，还想不想做一株腊梅？

哦，我的南方的朋友，我把腊梅向我透露的一切，都写在这里了。当你在和煦的暖风里读着它们，不知道你还会不会以留恋的心情，想起我书桌上那几株腊梅。此刻，北风正在敲打着我的窗户，而我的那几株腊梅，依然在那里默默地绽蕾，默默地吐着清幽的芬芳……

看雪

　　年初在北京,正好遇上一场大雪。
　　雪是无声地降落的。那天傍晚天色灰暗,也没有大风呼啸,以为只是个平平常常的阴天。第二天一早醒来,发现窗外亮得异常,原来外面的世界已经严严实实地被耀眼的白雪覆盖了。从近处屋顶上的积雪看,这一夜降雪约有三四寸厚。而此刻,雪已经停了。离我的窗户最近的一根电线上居然也积了雪,雪窄窄地薄薄地垒上去,厚度居然超出电线

本身的四五倍，所以看起来那根电线就像是一条长长的雪带。凭空陡添这许多负担的电线在风中紧张地颤抖着，显得不堪重负，真担心它马上就会绷断……

这是怎样的一夜大雪？那些飘飘洒洒的轻盈的雪花在夜空中飞舞时，当是何等的壮观！假如集合这地面上的所有积雪，大概能堆成一座巍峨的雪山了吧。

有什么能比大自然玄妙的造化和神奇的力量更使人惊叹呢！

雪的世界是奇妙的。在一片茫茫的白色云中，城市原有的层次都淡化了、消失了，一切都仿佛融化在晶莹的白色之中。下雪之前的世界究竟是何种颜色？现在竟然想不真切了，人真是健忘。

然而，这雪景似乎不宜久看，看久了眼睛便会有一种被刺痛的感觉。也许，人的眼睛天生是喜欢丰富的颜色的吧。白色，曾经被很多人偏爱，因为它拥有很多美好的属性，譬如纯洁，譬如宁静，譬如清高。但是大多数人喜欢白色，恐怕只是喜欢一束白色的小花、一朵白色的云、一方白色的丝巾、一件白色的连衣裙……要是白到铺天盖地，那就消受不起了，眼前这无边无际的雪景，便是极生动的一例。

　　茫茫的白色世界有一些鲜亮的色彩开始蠕动。几辆汽车像笨拙的甲虫爬上了马路，行人也三三两两走上了街头。车和人经过的地方，清晰地留下痕迹。车辆和脚印毫不留情地撕开了雪地神秘的面纱——积雪原来并不如想象的那么厚，车辙和脚印中显露出大地原有的色彩。晶莹寒冷的雪只是表象罢了。

　　一群孩子走到楼前的雪地上，又是滚雪球，又是打雪仗，尖尖的嗓音和雪团一起飞来飞去，弄得一片喧闹。最后他们的目标一致起来——堆雪人。极有耐心地用手捧，用脚刮，一个矮而胖的雪人居然歪歪斜斜地出现在孩子们面前。雪人周围的雪黯淡了、消失了，孩子们在欢声笑语中清除了他们这方小小天地里的积雪。他们又奔着喊着跑去开拓他们的疆域了，雪人则被孤零零地丢在那里……

　　两只麻雀突然从窗前掠过，它们在空中急急忙忙地盘旋着，嘴中发出焦灼的呼唤，似乎在寻找一个落脚的地方。也许，是积雪使它们熟悉的天地改变了模样，它们迷路了。我以为两只麻雀不可能在我窗前停留，想不到它们找到了一个我未曾预料到的落脚点——窗前的那根电线。一只麻雀先是从下而上掠过电线，翅膀只是轻轻地一拍，电线上的积雪便卜卜地落下一段，另一只麻雀也如法炮制，又拍下一段雪，然后再一先一后停落在电线上。它们轻松地抖着羽毛，不时又嘴对嘴轻声地低语着，像是互相倾吐着什么隐秘，再不把那曾使它们惊惶迷惑的雪世界放在眼里。那根曾经被积雪覆盖的电线在它们的脚下有节奏地颤动着，积雪在不断地往下掉，往下掉……大雪忙忙碌碌经营了一夜的伪装，只十几秒钟便被两只小麻雀瓦解了……

窗外寒风呼啸，积雪大概不会一下便消融，但雪后的世界已不是清一色的白了，我心里的春意也正在浓起来。只要有美丽的生命在，谁能阻挡春天呢！

说荷

荷是一种神奇的植物。天地间生灵的精致和美妙，在它们身上得到最生动的体现。童年时，是在古代诗词中国画中认识荷花，最早背诵的关于荷花的诗，是杨万里的《晓出净慈寺送林子方》："毕竟西湖六月中，风光不与四时同。接天莲叶无穷碧，映日荷花别样红。"这也许是中国人最熟知的关于荷花的诗。在儿时的幻想中，荷花接天映日，浩荡如海，很有气势。那时，经常吃莲心和藕粉，吃用荷叶包扎的肉，虽没有机会观荷，却对荷有了亲切感。后来读到晋人的乐府："青荷盖绿水，芙蓉披红鲜。下有并根藕，上有并头莲。"这些诗句通俗如民谣，把荷的形态和特征描绘得形象生动。再后来熟读周敦颐的《爱莲说》，记住了那些歌颂莲荷的名句："出淤泥而不染，濯清涟而不妖，中通外直，不蔓不枝，香远益清，亭亭净植，可远观而不可亵玩焉。"

古人在诗中写到的荷和莲，其实是同一形象。

第一次仔细欣赏荷花，是在杭州的西湖。曲园风荷，是西湖十景之一，湖中的荷花，姿态和色彩，都让人赞叹不已，荷叶，荷花，莲蓬，各有道不尽的美妙，没有一片相同的荷叶，没有一朵相同的荷花，真正是巧夺天工的艺术品。西湖里的莲荷，虽没有"接天莲叶无穷碧"的气势，但荷叶那种悦目的碧绿，是湖畔别的植物所不及的。荷叶上滚动的露水，晶莹如珍珠。而荷花更是优雅多姿，红红白白，千娇照水。

　　写荷叶最有名的诗句，是宋人周邦彦《苏幕遮》中那几句："叶上初阳干宿雨，水面清圆，一一风荷举。"荷花的优雅，用文字很难描述，花蕾初结，含苞待放，乃至盛开，各有不同的风韵。所谓"小荷才露尖尖角""风流全在半开时"，写的就是不同时段的荷花。郭震的《莲花》，也写得有意思："脸腻香熏似有情，世间何物比轻盈。湘

妃雨后来池看，碧玉盘中弄水晶。"

　　后来经常见到荷花，也见过村姑划着木盆和小船在荷花池中采摘莲蓬，每次都让我感觉惊喜。此类情景，古人的诗中作过很多生动的描绘、比喻和想象。描写采莲的古诗多不胜数，我喜欢王昌龄的《采莲曲》："荷叶罗裙一色裁，芙蓉向脸两边开。乱入池中看不见，闻歌始觉有人来。"写得有声有色，有情趣有动感。现在的小学课本中，也有一首题为《江南》的乐府民歌，虽流传在千百年前，如今读来，依然有趣："江南可采莲，莲叶何田田。鱼戏莲叶间。鱼戏莲叶东，鱼戏莲叶西，鱼戏莲叶南，鱼戏莲叶北。"我的办公室墙上，挂着画家石禅的一幅《鱼戏荷花图》，画面上正是诗中的景象。

望星空

　　童年时,常在夏夜仰望星空,那是记忆中神奇的时光。生活在上海这样的都市,只能从楼房的夹缝中看见巴掌大的天空,但这并不妨碍我对夜空的观察。儿时调皮,也大胆,在炎热的夏夜,家里闷热睡不着,便一个人悄悄走到晒台上,爬上屋顶,在窄窄的屋脊上躺下来。这时,头顶的夜空突然变得阔大幽邃,星星也繁密了,星光也清亮了,平时看不见的银河,从夜空深处静静地流出来。身畔有夜鸟和飞蛾掠过,轻声的鸣叫,伴随着羽翼振动,梦一般飘忽。如果有流星滑过夜空,我会轻声发出惊叹……这时,心里很自然想起背诵过的一些古诗,诗中也有星空。我想,古人看见的夜空,和我看见的夜空,应该是一样的吧。至今仍记得当年常想起的那几首诗。

　　一首是刘方平的七绝《月夜》:"更深月色半人家,北斗阑干南斗斜。今夜偏知春气暖,虫声新透绿窗纱。"这首诗,仿佛就是写我仰望星空的景象。四句诗,前两句写夜空,月色星光,伴随时光

流转，后两句写大地，暖风拂面，春色轻盈，天籁荡漾，令人心驰神往。

一首是杜牧的七绝《秋夕》："银烛秋光冷画屏，轻罗小扇扑流萤。天阶夜色凉如水，卧看牵牛织女星。"这是我最喜欢的唐诗之一，诗中安谧美妙的情景，使我感觉熟悉亲切，也引起我无穷的联想。尤其是"天阶夜色凉如水"一句，说不出的传神和形象，夜空如深不可测的海洋，波澜漾动，多少遥远的人物和故事，都涵藏在其中，缥缈而神秘。

杜牧的《秋夕》，使我想起郭沫若的诗《天上的街市》，那也是我儿时喜欢的诗篇：

远远的街灯明了，
好像闪着无数的明星。
天上的明星现了，
好像点着无数的街灯。
我想那缥缈的空中，

定然有美丽的街市。
街市上陈列的一些物品，
定然是世上没有的珍奇。
你看，那浅浅的天河，
定然是不甚宽广。
那隔河的牛郎织女，
定能够骑着牛儿来往。
我想他们此刻，
定然在天街闲游。
不信，请看那朵流星，
那怕是他们提着灯笼在走。

我曾想，郭沫若写这首诗时，应该也是在这样的夏夜，仰望着星空，他的心里，大概也会想起杜牧的诗吧。记得我模仿写过类似的诗，幻想自己变成一颗流星，滑过夜空，在瞬间看到无数天上的景象。尽管写得幼稚，却是我和缪斯最初的亲近。

独钓寒江雪

多年前,在柳州,拜谒柳宗元的墓。站在这位颇有传奇色彩的大诗人墓前,我脑子里涌现的是他的《江雪》:

千山鸟飞绝,万径人踪灭。孤舟蓑笠翁,独钓寒江雪。

在中国的古诗中,我以为这首诗属于精华中的精华。寥寥二十个字,却勾勒出阔大苍凉的画面:飞鸟绝迹的群山,渺无人迹的古道,一切都已被皑皑白雪覆盖。那是空旷寂寥的世界,荒凉得让人心里发怵。然而这只是画面中的远景。还有近景:冰雪封锁的江中,一叶扁舟凝固,舟子上,一渔翁身披蓑衣,头戴斗笠,手持钓竿,淡然若定,凝浓如雕塑。寂静中,这弥漫天地的冰雪世界,竟被小小一枝渔竿悄然钓定……这是怎样的境界?寂静,辽远,神奇,天地交融,天人合一,却又是无法复述的孤独怅然。失意忧愤的诗人,面对清寒世界,以最简洁的语言,表达出孤傲和怆然。空灵孤寂之中,蕴涵多少忧思和深情,任你遐想,一百个人,也许会有一百种不同联想。

柳宗元写《江雪》，是在被贬永州之时，心情苦闷压抑。一个永不愿人云亦云的诗人，就用这样的洁净的文字宣泄自己的感情，看似纯然写景不动声色，实则意蕴万千，冰雪底下涌动着激情的血液。

不少后人曾模仿柳宗元，试图用不同的文字和句式再现《江雪》的画面和境界，但和柳宗元的那二十个字比较，便显得轻浮无力。譬如有这样的长对："一蓑一笠一髯翁一丈长竿一寸钩，一山一水一明月一人独钓一海秋"，文字很巧妙，对仗工整，也很有趣，然而《江雪》的阔大苍凉，还有那种惊心动魄的悲壮，在这些精巧的文字中是一点儿也找不到了。

一个诗人，能有这样一首奇妙的诗传世，就是了不起的诗人。

劝学和惜时

古人写过不少劝学诗，从诗歌欣赏的角度看，未必有多少艺术性，但在老百姓中流传很广，所有的读书人，童年时都学过这样的诗句。譬如《神童诗》中的句子："自小多才学，平生志气高。别人怀宝剑，我有笔如刀"，"朝为田舍郎，暮登天子堂。将相本无种，男儿当自强。"譬如"少壮不努力，老大徒伤悲"，"劝君莫惜金缕衣，劝君惜取少年时。有花堪折直须折，莫待无花空折枝"。当然，还有"书中自有黄金屋，书中自有颜如玉"之类。从前成人教子，在这些诗句中各取所需，让孩子背诵。我小时候，就在日记本上抄过其中的句子。

后来读古诗多了，发现一些更有趣的劝学诗。劝学诗中，韩愈的《劝学诗》很有名："读书患不多，思义患不明。患足己不学，既学患不行。"短短二十个字，讲了很多读书的道理，书要多读，还要多思，要真正明白书中的道理，读书不能满足，要学以致用，要重实践。说到读书的境界，不得不提到朱熹的两首《观书有感》，都是脍炙人口的名篇，其一："半亩方塘一鉴开，天光月影共徘徊。问渠那得清如许，为有源头活水来"；其二："昨夜江边春水生，艨艟巨舰一毛轻。向来枉费推移力，此日中流自在行"。书读到这样的境界，当然是智者，是大学问家了。

和劝学诗相类的，有不少提倡惜时的诗，譬如大书法家颜真卿写过一首《劝学》："三更灯火五更鸡，正是男儿读书时。黑发不知勤学早，白首方悔读书迟。"这样的诗，比空讲道理的规劝有意思。陶渊明也写过一首劝人珍惜时间的诗："盛年不再来，一日难再晨。及时当勉励，岁月不待人。"

说到惜时诗，很自然想起古人的《昨日歌》《今日歌》和《明日歌》，这三首诗，出现在不同的时代，但如出一辙，都是用大白话，讲了珍惜生命的道理。

《昨日歌》："昨日兮昨日，昨日何其好！昨日过去了，今日徒懊恼。世人但知悔昨日，不觉今日又过了。水去日日流，花落日日少。成事立业在今日，莫待明朝悔今朝。"

《今日歌》:"今日复今日,今日何其少!今日又不为,此事何时了?人生百年几今日,今日不为真可惜!若言姑待明朝至,明朝又有明朝事。为君聊赋今日诗,努力请从今日始。"

　　《明日歌》:"明日复明日,明日何其多!我生待明日,万事成蹉跎。世人若被明日累,春去秋来老将至。朝看水东流,暮看日西坠。百年明日能几何?请君听我明日歌。"

　　这三首诗,现在读来,依然觉得生动晓畅,道理也讲得通俗贴切,可以引起今人共鸣。

水迹的故事

对我们这代人来说，艺术曾经是一种不能多谈的奢侈品。这两个字和一般人似乎并无关系，只是艺术家们的事情。其实生活中的情形并非如此，艺术像一个面目随和、态度亲切的朋友，在你不经意的时候，她突然就可能出现在你的身边，使你知道她原来是那么平易近人。只要你喜欢她，追求她，她总是会向你展示动人的微笑，不管在什么地方，在什么时候，她都会翩然而至，给枯燥乏味的生活带来些许生机。

小时候，我曾经做过当艺术家的梦，音乐，绘画，雕塑，这些都是我神往的目标。我可以面对一幅我喜欢的油画呆呆地遐想半天，也会因为听到一段美妙的旋律而激动不已。然而那时看画展、听音乐会的机会毕竟很少，周围更多的是普普通通的人和物体，而且大多色彩暗淡。不过这也不妨碍我走进艺术的奇妙境界。

童年时代，曾经住在一个顶棚漏水的阁楼上。简陋的居所，也可以为我提供遐想的天地。晚上睡觉时，头顶上那布满水迹的天花板就是我展开想象翅膀的天空。在这些水迹中，我发现了各种各样的山、树、云，还有飞禽走兽、妖魔鬼怪，当然，也有三教九流的人物，有《西游记》《水浒》和《封神榜》中种种神奇的场面。我经常看着天花板在床上编织许多稀奇古怪的故事，睡着以后，梦境也是异常的缤纷。

有一天下大雨，屋顶上漏得厉害，大人们手忙脚乱地忙着接水，一个个抱怨不迭，我却暗自心喜。因为我知道，晚上睡到床上时，天花板上一定会出现新的风景和故事。那天夜里，天花板上果然出现了许多奇形怪状的水迹。新鲜的水迹颜色很丰富，有褐色，也有土黄，还有绛红色。我在这些斑驳的色块和杂乱无序的线条中发现了惊人的画面。那是海里的一个荒岛，岛上有巨大的热带植物，还有赤身裸体的印第安人。有一个印第安人的头部特写给我的印象特别深刻。那是一个和真人一样大小的侧面头像，那印第安人有着红色的脸膛，浓眉紧蹙，目光里流露出忧郁和愤怒。他的头上戴着一顶极大的羽毛头冠，是很典型的印第安人的装束。看着天花板上的这些图画，我记忆中所有有关印第安人的故事都涌到了眼前。那时刚刚读过笛福的《鲁滨逊漂流记》，小说中那些使我感到神秘的"土人"，此刻都出现在我眼前的天花板上，栩栩如生地对我挤眉弄眼。在睡眼蒙眬之中，我仿佛变成了流落孤岛的鲁滨逊……

　　看天花板上的水迹，是我儿时的秘密的快乐，是白天生活和阅读的一种补充。谁能体会一个孩子凝视着水迹斑斑的天花板而产生的美妙遐想呢？现在，当我躺在整洁的卧室里，看着一片洁白的天花板，很自然地会想起童年时的那一份快乐。这快乐，现在已经很难得了。于是，在淡淡的惆怅之后，我总是会想，人的长大，是不是都要以牺牲天真的憧憬和无拘无束的想象力作为代价呢？

死，是可以议论的

　　路上的梧桐叶被风吹动，发出窸窸窣窣的响声。空中落叶也随风舞动着，飘飘悠悠，如金黄的蝴蝶在夕照中翩跹。如果说，这些落叶象征着一种生命的结束，那么，这种结束是优美动人的，那一片一片金黄，那一阵一阵飘舞，使我感受到生命辉煌的色彩和优美的律动。

　　牵着儿子的小手，在黄叶遍地的香山路散步。儿子还不到六岁，思维却已十分活跃，和他交谈是我生活中的一大乐趣，尤其是在这样的傍晚，在这样寂静无人的路上，有什么声音能比落叶的低语和清脆的童音更颤人心魄？

　　儿子常常会提出一些奇怪的问题，使我难以作答，这时我们父子俩便会很自然地处在一个平等的地位上，对这些问题加以讨论。譬如那天傍晚，我们默默地走着，儿子突然抬头问道："爸爸，你知道死的感觉是怎么样的？"

　　死的感觉如何？我不知道。儿子的提问使我大吃一惊。

"爸爸，你告诉我死的感觉怎么样。"儿子锲而不舍，而且很认真。

"我不知道。"我只能如实回答，"因为我没有死过。"

儿子"哦"了一声，然后莞尔一笑，学着电视节目主持人的腔调大声说："不死不知道，一死就知道！"

我们两个人一起开心地笑起来，笑声和落叶一起在静悄悄的路上飘飞。一个关于死的话题居然引出笑声来，我没想到。

"爸爸，其实我知道，死就和睡着了一样，对不对？"儿子还是想继续死的话题。

"我想，死和睡着了不一样。"

"为什么？"

"睡着了会做梦，死了不会；睡着了会醒来，死了永远不会再醒。"

儿子又"哦"了一声。没走几步，他又提出一个新的问题："爸爸，假如我死了会怎么样？"

我的心里咯噔一下。儿子笑嘻嘻地等待着我的回答。

"不，不可能的！"我不想继续这一话题。

对我的答非所问，儿子显然不满意。他很认真地又把他的问题重复了一遍。

"不，你不会死的。"

"爸爸，你不是说过，每个人都会死的吗？我怎么不会死呢？"

是的，儿子讲得不错。我感到真理是在他这一边，看来不能再回避这一话题。于是我向他解释道："是的，每个人最后都难免要死，不过你还小，死离你还很远，你不要去想它。"

"假如！"儿子还固执地坚持他的问题，"爸爸，我说的是假如！假如我死了会怎么样？"

"假如，是的，假如。"我只能认真回答了，"假如你死了，我会非常悲伤，我永远不会再有快乐。"

"为什么？"儿子瞪大了亮晶晶的眼睛凝视着我。

"因为我再也见不到你，再也不能拉着你的手散步、说话。不过，只要爸爸还活着，就决不会让这事发生！"接着我问道，"假如我死了，你会怎么样？"

"我会很伤心，会哭，会想念你。"

"为什么？"

"因为你死了我就永远没有爸爸了！"儿子想了一想，又补充道，"不过，我也不会让这件事情发生。我会保护你！"

在我们对话的时候，有一个和我们同路的老妇人一直在注意地听着。她的表情由惊奇而恐惧，最后，她忍不住瞪着我大声插话了："神经病！跟小囡讲这种话！"说完愤然而去，像是在躲避瘟神。

儿子看着老妇人的背影，纳闷儿地问道："奇怪，她为什么要骂人？"

"因为，她认为死是不能议论的。小凡，你认为我们说错什么了吗？"

"没有哇！"

是呵，既然死是生命的必然归宿，和孩子谈谈又何妨呢。

就在我用一种略带沉重的心情回味着我们父子的对话时，小凡已经挣脱了我的手，在铺满落叶的香山路上奔跑起来，他使劲踢起地上的落叶，一边跑一边快活地笑着，金黄的落叶在他的笑声里飞舞，犹如蝴蝶翩跹⋯⋯

宽容

亲爱的孩子，你的这个问题，我感到很难回答。"影响并改变你一生的一句格言是什么？"我想了很久，没有想出哪一句格言改变了我的人生。

说一句话可以改变一个人的一生，未免有些夸张。但是，在一个人的一生中，确实会有一些观点影响了你的生活，改变了你的人生态度。表现这些观点的，可能是一些闪烁着智慧光芒的格言，也可能是一些平淡无奇，却蕴涵着深刻真理的大实话。

大约在我五六岁的时候，有一次，我和弄堂里的一个小男孩发生争执，两个人扭打起来。小男孩打不过我，逃到一扇门里，从门里扔出一块砖头，把我砸得头破血流。我被送进了医院，缝了针，动了手术。小男孩的妈妈来我家道了歉,小男孩眼泪汪汪地跟在他妈妈屁股后面,吓得直打哆嗦。母亲嘀咕了几句,但还是原谅了他们。可是我却怎么也无法原谅这个用砖头砸破我脑袋的小男孩,我的心里充满了报复的念头,我想,我要像古代的那些侠客们一样,一定要"报仇雪恨",好好惩罚一下这个可恶的小坏蛋。我的头上还包扎着绷带,就非常秘密地开始了我的"报仇雪恨"的计划。我准备了一个用粗铁丝做的大弹弓,还找来了一些轴承里的钢珠,每天在晒台上练射击。我在一堵白墙上画了一个丑八怪,然后站在五六步远的地方用钢珠弹,钢珠"嘣"地一下,就在白墙上打出一个小凹坑,很快,白墙上的丑八怪就被我打得坑坑洼洼,面目全非。我很得意地想,只要让我遇上那小坏蛋,我一定要用我的弹弓叫他脑袋开花。我的"复仇计划"被我的父亲发现了。一天早晨,我正在晒台上练弹弓,父亲突然走了上来。他并没有训斥我,也没有没收我的弹弓,而是和颜悦色地问我:"那个孩子用砖头扔你,对不对?"见到我摇头,他又问:"那么,你说,那个孩子是不是坏人?"我想了一下,又摇了摇头。父亲说:"既然你都懂,为什么还要去报复他呢？你想一想，假如你用弹弓弹破了他的头，或者弹瞎了他的眼睛，结果会怎么样？"对一个五六岁的孩子，父亲不可能讲什么高深的道理，但他最后说的那句话，我一辈子也无法忘记，他说："你要记住，对人宽容，是一种美德。"

"宽容"这个词，现在已经被人们说得很熟，在四十多年前，这样的词对一个孩子确实很陌生，但我从父亲那里理解了这个词的意义。父亲告诉我，只要对方不是坏人，那么，就应该对他宽容，不要斤斤计较，即使对方犯了错，甚至伤害了你，也不要老是想着报复。那个用砖头砸破我头的男孩，我后来非但没有报复他，还和他交了朋友，我们的友谊一直保持了很长时间。长大后，我越来越体会到父亲这句话的意义。六年前的夏天，八十三岁的父亲突然去世，我站在父亲的身边守灵时，他的声音依然在我耳畔回响。

我们中国人，历来是一个讲究宽容、提倡宽宏大量的民族，但很多人在后来几乎忘记了我们民族的这种优良的品德，而是提倡你死我活的斗争，提倡"横扫一切"，似乎我们的政治生活就是人和人之间的争斗，是人整人，结果，便酿出了种种灾难，这灾难不仅危害了国家，也伤害了无数个人。

当然，我们讲宽容，决不是容忍罪恶和丑恶，对罪恶和丑恶，永远也不能宽容；我们讲宽容，也不是不要竞争，没有竞争，我们的社会就不会进步。这里所说的宽容，是指人与人之间的理解，是人类爱心的另外一种表现方式。爱心应该是博大的，一个心胸狭隘的人，不可能抵达辽阔壮美的人生境界。记得一个西方的哲学家说过这样意思的一段话：人心是夹杂着污浊的河流，要使自己身在其中而不被污染，仍然保持着纯洁，只有一个办法——把自己变成大海。我想，这样的思想，和父亲朴实的教诲，其实是一致的。

太湖黄昏

　　太阳疲疲软软枕在了山脊上，再射不出刺眼的光芒，只是无力地流出橘红的色彩，流在天上，流在湖里……

　　太湖凝固成静静的一幅水彩画了。湖面像一块巨大的镜子，平滑得不见一丝波纹，天光似乎全被深深地吸进湖底，没有亮色泛出来，这镜子是黯淡的。湖心几只舟子，是镜中的几点黑斑，水天交界处那些青紫色的山影，是一圈弯弯曲曲的镜框，这不规则的镜框艺术得天下无二，谁也无法复制它们。

　　天色却是极斑斓极辉煌的。那落日周围，眼花缭乱的一片，仿佛是泼翻了一大盘荧光颜料，五颜六色亮晶晶地掺和在一起。也许是在燃着许多人世间罕见的宝物，于是才吐出这许多人世间罕见的火焰。火光正逐渐幽下去。

　　一棵苍劲的老松，孤独地立在湖畔。已经分辨不清枝叶的色彩和层次，只有黢黑一片剪影，一动不动地贴在水天之间，上半截在天幕，下半截在湖面。那些伸向水天的枝干分明是一些手，激动地伸出来，想要挽留什么，却又无可奈何地僵持在那里了。

太阳被黑沉沉的山影吞噬了。天色随即暗下来，太阳消失的地方一片黛紫深红，再往上去，便是深深的蓝，无边无际的蓝，星空下静海一般的蓝……

湖水失去了边界。湖山交接的地方，被一缕缕烟雾遮盖了。起伏的山峰于是都飘浮在紫红的天幕上，像一群腾空而起的骆驼，在幽暗的空中逐渐隐去……

终于什么也看不清楚了。湖、山、树影，全都融化在冥冥暮色里。风不知从什么地方溜出来，缓缓地在暗中踱着步，它的脚步化作了轻微的涛声和窸窸窣窣的树叶声……

星星悄悄地蹦了出来，一颗、两颗、三颗……像一些好奇的眼睛，俯视着被夜幕笼罩的茫茫太湖。有两颗星星落在了湖里，并且飘然浮移着，恍若梦游的萤火——那是舟子上的风灯。

亲爱的母亲河

没有江海,就没有港口;没有河流,就没有城市。人们聚集在江河畔,靠水为生,以水为路。水的流淌,犹如生命繁衍和律动,水的波光,映照着人间哀乐疾苦。江河,犹如母亲哺养了城市。

上海有两条母亲河,一条是黄浦江,另一条是苏州河。黄浦江雄浑宽阔,穿过城市,流向长江,汇入海洋,这是上海的象征。而苏州河,只是黄浦江的一条支流,但她和上海这座城市的关系,似乎更为密切。她曲折蜿蜒地流过来,流过月光铺地的沉睡原野,流过炊烟缭绕的宁静乡村,流过兵荒马乱,流过饥馑贫困,流过晚霞和晨雾,流过渔灯和萤火,从荒凉缓缓流向繁华,从远古悠悠流到今天。她流过上海的腹地,流过人口密集的城区,流出了上海人酸甜苦辣的生活……

一百多年前,人们就在苏州河畔聚集、居住、谋生,大大小小的工厂作坊,犹如蘑菇,在河畔争先恐后滋生。苏州河就像流动的乳汁,滋润着两岸的市民。在我童年的记忆中,苏州河是一条变幻不定的河。她时而清澈，河水黄中泛青，看得见河里的水草，数得清浪中的游鱼。江南的柔美，江北的旷达，都在她沉着的涛声里交汇融和。这样的苏州河，犹如一匹绿色锦缎，飘拂缠绕在城市的胸脯。

我无法忘记苏州河给我的童年带来的快乐，我曾在苏州河里游泳，站在高高的桥头跳水，跳出了我的大胆无畏，投入无声的急流中游泳，游出了我的自信沉着。我还记得河上的樯桅和桨橹，船娘摇橹的姿势仪态万方，把艰辛的生计，美化成舞蹈和歌。我还记得离我家不远的苏州河桥头的"天后宫"，一扇圆形的洞门里，隐藏着神秘，隐藏着往日的刀光剑影。据说那里曾是"小刀会"的指挥部，草莽英雄的故事，淹没了妖魔鬼怪的传说。我还记得河边的堆货场，那是孩子们的迷宫和堡垒，热闹紧张的"官兵捉强盗"，将历史风云浓缩成了孩子的漫画。

少年时，我常常在苏州河畔散步。我曾经幻想自己变成了那些曾在这里名扬天下的海派画家，任伯年、虚谷、吴昌硕[①]和他们一样，踩着青草覆盖的小路，在鸟语花香中寻找诗情画意，用流动的河水洗笔，蘸涟涟清波研墨，绘树绘花，绘自由自在的鱼鸟，画山画河，画依山傍水的人物……然而幻想过去，眼帘中的现实，却是浊流汹涌，河上传来小火轮的喧哗，还有弥漫在空气里的腥浊……

苏州河哺养了上海人，而上海人却将大量污浊之物排入河道。我记忆中的苏州河，更多的是混浊。她的清澈，渐渐离人们远去，涨潮时偶尔的清澈，犹如昙花一现，越来越难得。苏州河退潮时，浑黄的河水便渐渐变色，最后竟变成了墨汁一般的黑色，而且散发着腥臭，污染了城市的空气。这条被污染的母亲河，成为上海的耻辱，也成为上海人眼帘中的窝囊和心里的痛。她就像一条不堪入目的黑腰带，束缚着上海，使这座东方的大都市为之失色。江河无辜，有错的是污染了她们的人类。面对苏州河滚滚的浊流，应该羞愧的是靠这条河生活的人。人们无休无止地吸吮她，没完没了地奴役她，却没有想到如何爱护她。苏州河，以母性的温柔博大，承接了城市无穷无尽的索取，容纳了人类所有肮脏的排泄。岸边的上海人繁衍成长，而母亲河却疲惫不堪。她的黑色浊浪，是上海脸上的污点。

我曾经以为，苏州河的清澈，将永难恢复。二十年多前，我在一首诗中为母亲河哀叹，并一厢情愿地以苏州河的口吻,无奈地呐喊:"把我填没吧,把我填没/我不愿意用甩不脱的污浊/破坏上海的容颜/我不愿意用扑不灭的腥臭/污染上海的天廓/哪怕,为我装上盖子/让我成为一条地下之河。"

二十多年过去,再看我的这首诗,我发现,我的呐喊,可笑至极,我的悲观,幼稚而浅薄。苏州河没有被填没,也没有成为地下之河。这些年,我一直在传媒报道中看到关于苏州河改造的各种消息。我怀疑过,认为这可能是虚张声势,要使一条混浊的河流变清,谈何容易。然而毋庸置疑的是,苏州河以她的累累伤痕,以她的疲惫和衰老,唤醒了人们:必须拯救我们的母亲河!为使被污染的苏州河重返清澈,上海人想尽了一切办法,疏清河道,切断污染源,改造两岸的环境。轻诺寡信的时代,早已过去,无数人在默默地为此行动。这些年,常常经过苏州河,河岸的变化很明显,破旧的棚屋早已不见踪影,河畔的垃圾码头和杂乱的吊车也已绝迹,河岸已经被改建成花园,绿荫夹道,草坪青翠,绿荫缝隙中水光斑斓。我甚至不知道,这些变化,发生在什么时候。这两年过端午节时,在电视上看到苏州河里举办龙舟竞赛,波光粼粼的河面上，鼓声震天，万桨挥动，两岸是欢声雷动的人群。电视里看不清河水的清澈度，但是给人的联想是：在一条污浊的河流中，怎么能举办这样有诗意的活动呢？

　　终于有了像童年时一样亲近苏州河的机会。前不久，上海举办一个讴歌母亲河的诗会，请我当评委。组织诗会的朋友说，请你从近处看看今天的苏州河吧。昔日的杂货堆场，成了一个现代化的游船码头，踏着木质的阶梯登上快艇，河上的风景扑面而来。先看水，水是黄色的，黄中泛绿，有透明度。远处水面忽然溅起小小的浪花，浪花中银光一闪。竟然是鱼！没有看清楚是什么鱼，但却是活蹦乱跳的水中精灵。童年在河里游泳的景象，突然又浮现在眼前，四十多年前，我在苏州河里游泳，常有小鱼撞击我的身体。现在，这些水中精灵又回来了。河道曲曲折折在闹市中蜿蜒穿行，两岸的新鲜风光，也使我惊奇。花圃和树林，为苏州河镶上了绿色花边。河畔那些不知何时造起来的楼房，高高低低，形形色色，在绿荫中争奇斗艳，它们成了上海人向往的住宅区，因为，有一条古老而年轻的河从它们中间静静流过。

这些年多次访问欧洲，我观察过欧洲大陆上几条著名的河流：莱茵河、塞纳河、泰晤士河、多瑙河、伏尔加河、涅瓦河……其中有几条河流，也曾有过由清而浊、由浊而清的历史。面对着异国河流中涌动的清波，我曾经不止一次暗暗自问：什么时候，故乡的苏州河也能由浊而清呢？这个似乎遥不可及的目标，此刻竟已展现在我的眼前。

　　生活中有一条江河多么好，没有江河，土地就会变成沙漠。江河里有清澈的流水多么好，江河污染，生活也会变得浑浊。苏州河，我亲爱的母亲河，我为她正在恢复青春的容颜而欣慰。一条污浊的河流重新恢复清澈，是一个梦想，一个童话，然而这却是发生在我故乡之城的真实故事。

　　一个能把梦想变成现实的时代，是令人神往的时代。

---

　　①任伯年、虚谷、吴昌硕：任伯年、虚谷、吴昌硕与赵之谦，并称中国"清末海派四大家"。

蓝色的抚仙湖

云南多云,多山,也多湖。在外地人心目中,云南名气最大的湖,首推滇池,其次是洱海。抚仙湖,有多少人知道?

在云南地图上,那些蓝色的不规则状的翡翠,就是湖泊。我找到了抚仙湖,它在玉溪界内,离昆明不算远。论大小,还不如滇池。云南的朋友告诉我,抚仙湖的储水量,抵得上十个滇池,也抵得上十个洱海。这颇令我吃惊。那天早晨,坐车从昆明到玉溪,才一个多小时,便到了抚仙湖畔。

从山道上远观抚仙湖,景象就很奇妙。蓝色的湖水在天地间漾动,蓝天和白云倒映在湖水中,碧波浩渺,一直荡漾到天边。天边是青灰色的群山,浮动在飘忽的云雾里。碧蓝的湖水,连着远山,连着天上的云雾,让人产生遥远的遐想。这使我想起欧洲的奥赫里德湖。去年访问马其顿,我在奥赫里德湖畔住了好几天,奥赫里德湖在马其顿和阿尔巴尼亚之间,也是一个高原湖泊,碧水连天,也是群山环绕。马其顿人把奥赫里德湖当海,湖滩便是他们的海滩。和奥赫里德湖相比，抚仙湖畔的云霞更为飘逸，因为这是云南的湖啊。听说玉溪人也把抚仙湖看成他们的海，这里还有"黄金海岸"呢。

走近抚仙湖，才发现湖水的清澈。这是绿中泛蓝的深沉之水，浪涛拍岸发出的声响，有海的气息。仔细谛视湖水，但见澄澈见底，临岸湖底的景象，飘动的水草，晶莹的沙石，穿梭而过的鱼，全都清晰可见，湖波荡漾，犹如一大块透明的蓝水晶在阳光下微微晃动。目光所及，也只能是岸畔十数米湖水而已，再往远处看，便是一片幽蓝，一片光斑炫目。如在湖中行船，绝对看不见湖底，因为，湖水极深，最深处有一百多米，是国内最深的淡水湖，湖底，是个神秘的世界。前不久，有人在抚仙湖底发现一个古城遗迹，古滇国的一个城池，囫囵地沉到了湖底，不知何年何月下水，也不明为何原因沉沦，是一个千古之谜。考古学家曾下湖打捞古城遗物，中央电视台还作过现场直播，举世瞩目。湖底发现了两千年前的石雕，据说石头上雕刻着神秘的人脸，石像在深水底下微合着眼睛，凝视湖面上的天光，期待有人来和他们对话……然而湖水太深，年代太久，要解开埋藏湖底的远古之谜，仍需要耐心和时间。这样的谜,和尼斯湖的湖怪不一样,湖怪也许永远不现身,成为真正的不解之谜,而抚仙湖湖底的谜语,总会有解开的一天。

一个埋藏着千古之谜的清澈幽深的湖,当然是一个撩人思怀的神奇之湖。

湖岸曲曲折折,湖畔只要是平地,便见花树繁茂,都是风景宜人的湖滨花园。湖边有不少石头砌起的沟渠,沟渠和湖之间有木闸隔断,沟渠中有式样古老的木头水车,用脚踩动水车,能将沟渠中的水往湖里抽。这些沟渠,看来都是人工所为。玉溪的朋友告诉我们,这是"鱼洞",是专门为捕鱼而设。抚仙湖中特产一种小鱼,名为抗浪鱼,味极鲜美。抗浪鱼有逆水前行的习惯,当地捕鱼人便想出独特的捕鱼方法,开鱼洞,用水车往湖里车水,在鱼洞口形成水流,湖里的抗浪鱼便会迎着水流游过来,逆水游向鱼洞口,无一遗漏,全都游进设在洞口的鱼篓或者网中。以前湖里盛产抗浪鱼,后来因为水质受污染,湖里的抗浪鱼居然不见了踪影。现在,经过玉溪人多年的治理,湖水已经恢复了当年的清澈和纯净,抗浪鱼又逐渐多起来。

经过一个面积稍大的鱼洞时,有人惊呼:"快看，抗浪鱼！"

我们在鱼洞边停留，清澈的水面上波光闪烁，水中，有数十条小鱼轻盈游动，随着光波的闪动，精灵一般忽隐忽现，看不清它们的真实形状。抗浪鱼，在我的记忆中留下了神秘的印象。

那天中午，在湖畔的一家农民开的饭店吃饭。吃的是铜锅煮鱼和洋芋焖饭，是当地的农家饭。大铜锅里，鱼汤鲜美，土豆和米饭混合成特殊的清香，在风中飘荡。坐在湖畔享用着天然的美食，看蓝色的湖波在绿树的枝叶间隙中闪动，这也是难以忘怀的经历。

距离抚仙湖不远的澄江县城中，有一个青铜博物馆，博物馆中陈列的青铜器，都是抚仙湖畔古滇国的遗物。这是中国唯一的县级青铜器博物馆，博物馆门口，有一尊巨大的青铜雕塑，雕的是闻名天下的牛虎铜案。牛虎铜案，是古滇国人留给世人的绝妙创造，一头大牛，腹部藏着一头小牛，牛的尾部，攀爬着一头猛虎，两头牛，一头虎，组合成一个整体，巧妙地表现了大自然的多彩和生命的多姿。博物馆不算大，但馆中藏品的丰富和精美，让人吃惊。古滇国的青铜器，不仅有各种日用器皿、生产工具和武器，更多的是雕有动物和人物图像的祭祀用品和装饰品，青铜塑造的人物和动物，历经千年，依然线条流畅，形体生动。青铜塑造的动物，除了牛和虎，还有狗、猪、羊、鹿、鸡、蛇，还有飞鸟。在展品中，我发现，一个小小的青铜扣饰上，竟铸造出六七个人物和动物，人物有鼻子有眼，能辨认出他们欢悦的表情，动物也是形态活泼，造型生动。由此可以窥见古滇国人的智慧，可以见证古滇国经济和文化的发达。人类的文明，很早就开始在抚仙湖畔生根长叶繁衍，开出绚烂的花朵。

在抚仙湖畔住了两夜，我欣赏到它晨昏时分朦胧的美景，也看到了它在月光下的银波闪动。抚仙湖水那天空一般深邃的蓝色，让人沉静，也让人浮想联翩。漾动的蓝色涟漪，可以把人引向无限遥远的年代。

离开抚仙湖之前，我又访问了离湖岸不到六公里的帽天山国家地质公园。帽天山，其实只是一个小小的山包，但却是一座闻名天下的山。二十年前，中国的古生物学家在这座山上发现了大量五亿多年前的海洋生物化石，被世人惊叹为"二十世纪最惊人的科学发现之一"。在海洋生物化石陈列馆中,我看到了那些奇妙的化石,虽然历经五亿多年,但它们的身形依然清晰地保留在淡黄色的石片上,千姿百态,如同印象派大师的画。画家们根据这些化石,在彩色的画面上复原了远古海底生物的形象,深蓝色的海水中,七彩纷呈的生灵们优雅地漂游翔舞,展示着千奇百怪的姿态,这些形象,现代人难以想象,是化石把它们带到了今天。

亿万年前,这里曾是浩瀚大洋,幽深的海底,新的生命如花一般萌发衍生,自由翔舞,如今天地间的生灵,无不起始于当年那些在海底游动的生命。这是何等神奇的事情。远古海洋的蓝色,和现在我看到的抚仙湖水的蓝色,似乎是同一种蓝色,同样的清澈,同样的深沉,同样的水天一色……在思绪飘飞的一瞬间,亿万年的岁月竟在这蓝色中悄然融合。

古玉崧泽

崧泽，是一个奇妙的名字，从字面上看，有山峦，有树林，有波光湖影，两个字，就是一幅中国韵味十足的山水画卷。

在上海的地名中，最能令我产生遐想的，就是这个位于青浦赵巷镇的小村子——崧泽村。这是一个遥远而又亲切的名字，遥远，是因为它承载着六千年古老的历史；亲切，是因为它使我走近我们远古的先人。

崧泽，是上海的源头，也是江南华夏先民的源头。在中华文明丰富多彩的源头中，崧泽是古老而奇妙的一脉。这里出土的古人遗迹，被称为"上海第一人""上海第一房""上海第一村"。这样的描述，也许未必精确，但是，五六千年前，我们的祖先就已经在这里生活、劳动、繁衍，这是一个无人能否认的事实。很多年前，我去过崧泽村，看到过考古现场，那些被岁月封存了五六千年的土层，袒露在阳光下，向现代人展示着远古的秘密。考古现场，看到的是黄土，是残骸，是被漫长时光侵袭

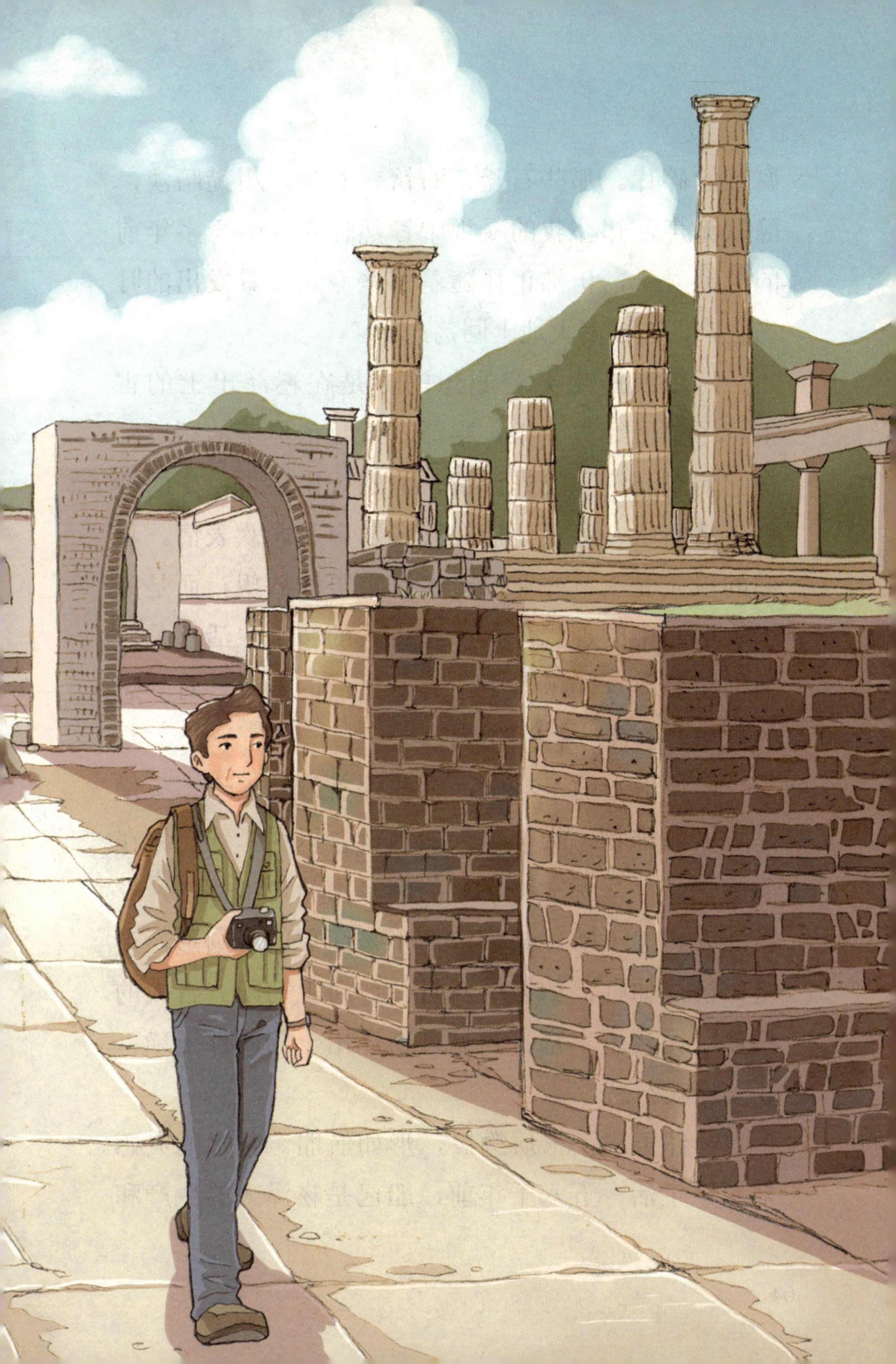

腐蚀的碎片。那些石斧、石锛、石凿,粗糙暗淡,静默无声,却在我的凝视中铮然作声,五千多年前的劳动号子,仿佛正伴随着那些原始工具发出的叮当之声,在江南大地上回荡……

而令我产生无穷遐想的,是在崧泽出土的古玉。尽管历经数千年,崧泽古玉却依然莹洁剔透,在它们温润沉静的光泽中,能幻化出远古祖先的种种生活情状,甚至他们的悠扬歌声和悲欢表情。我们的祖先爱玉,并非出于占有宝贝的欲望,而是为了表达心中的理想。玉,和古人的精神生活有关,他们精心雕琢的玉器中,有对生活的热爱,对梦想的祈望,也有对幸福的憧憬。

崧泽出土的玉器中,有几件美妙的玉璜。玉璜是古人的饰物,类似今天的项链,以绳牵连,佩在前胸。璜,《说文解字》的解释为:"半璧也。"崧泽人将美玉雕琢成璜,却不是简单的半圆形,半璧如桥,如虹,如云中新月,如海上初阳。古人的想象,比我更丰富。我见过崧泽出土的两件玉璜,让人惊叹不已。

一件玉璜,玉质黝黑,形如航船。艺术的灵感来源于生活,五六千年前,船已是崧泽人的生产和交通工具。想来应该是木质的小船吧，它们滑行在清波粼粼的湖面上，也颠簸在波涛起伏的海浪上，崧泽人在船上挥篙舞桨，捕鱼，运粮，旅行……一叶扁舟，维系着多少人的期冀。一个五千年前的女子，将一艘玉雕的船佩在胸前，有什么意义？我想，不仅仅是为了追求美，也是将希望悬在心头吧。希望捕鱼者满载而归，希望远行人平安归来，希望生活如航船乘风破浪……现代人如此想象，也许牵强附会，但我相信，古人的希冀，必定比我的想象更悠远，更宽广。

是的，面对祖先浪漫无羁的想象，我由衷惊叹。崧泽出土的另一件玉璜，造型更奇妙，玉璜两头，一头是鱼，一头是鸟。鱼在水里游，鸟在天上飞，琢玉人将鱼和鸟合于一体，又是为了什么？鱼是古人最重要的食物，将鱼雕成璜，是祈求上天给人类充足的食物？我想不会那么简单。鸟呢，鸟不是重要的食物，自由的鸟，栖息在林，高飞在天，人们更多是欣赏它们飞翔的美姿，聆听它们婉转的歌唱。玉璜上的鸟，代表什么？是对天空的向往，对自由的赞美？这样的想象还是牵强。我想，将鱼和鸟合于一体，是一个浪漫的结合，是一个异想天开的创造。这一片小小玉璜之中,有崧泽祖先和自然的对话,有万类生灵之间无声的交流,有无穷无尽的天籁和声。这个鱼鸟玉璜,透露给我一个无误的信息:我们的祖先,是浪漫的,是富有想象力和创造才能的。

五六千年前的崧泽人,过的是什么生活?现代人只能靠考古发掘出来的器物做推测想象。可以断定,茹毛饮血的原始时代已经过去,崧泽人在水乡泽国建设起自己的家园,他们捕鱼,打猎,耕种,过着简单的生活。然而文明已经如水乳交融在他们的生活中。崧泽人不仅追求丰衣足食,也追求美,出土的玉器,是最有力的证明。我见过这里出土的一枚玉玦,这是用白玉雕成的环状耳饰,式样简朴而精致。玉环中有一条断裂空隙,可以夹住耳垂使之不会脱落。这大概是人类最早的耳环。这枚精美的玉玦,即使是出现在今天的玉器首饰店中,也是一件让人赏心悦目的饰品，甚至可以称它是一件时尚饰品。时尚女子的耳垂上如果晃动着这样一枚古雅的玉环，一定品位不俗。谁会想到，这竟是六千年前古崧泽女子的饰物！在这枚玉玦中，远古和现代，那么自然地融为一体。

今日崧泽，大道纵横，新房林立，昔日的农田里绿荫蓊郁，犹如花园。然而我每次经过这里，心中却漾动一片温润莹洁的玉色。崧泽古玉，在这片江南沃土中深藏不露，六千年后重见天日，把现代人拽回到中华文明古老的源头。有时我突发奇想，六千年前的崧泽人，如果突然复活，发现自己面前的大地上发生了如此巨大的变化，目光中将会闪烁何等的惊讶……

庞贝晨昏

离开苏莲托，汽车沿地中海开了几个小时，目标是一个神秘之地——两千年前突然消失的古城庞贝。浩瀚的海和晴朗的天相连，一片令人心醉的蓝色。蓝色的海，在夕阳映照下，更是蓝得深沉莫测，如一块巨大的墨色水晶，在碧空下漾动。

庞贝的故事，我童年时代就从书中读到过。公元七十九年八月二十四日，维苏威火山突然爆发，坐落在火山脚下的古城庞贝，被火山熔岩吞没，从人间消失。很多年后，人们才发现这座已经被埋在地下的城市，遥远古代发生的悲惨景象，被定格在火山的熔岩中，他们临死前的挣扎，他们痛苦恐惧的表情，重现在现代人的面前。在我儿时的记忆中，这个历史事件是最不可思议的事情，而庞贝，也成为我印象中神秘的地方。儿时曾经有过梦想，如果有机会出国，一定要去看看庞贝。

此刻，庞贝在望。从苏莲托赶到庞贝，时近黄昏，通向庞贝古城的大门已经关闭。举目远眺，青灰色的维苏威火山默立在天边，山顶缠绕着白色的云烟，燃烧的晚霞渐渐将山影和天空融为一体……

当年维苏威火山爆发时，一艘正在海上航行的帆船看到了火山喷发火光和烟柱，庞贝城成为山坡上的一个巨大火炬。船上的水手们想赶来救援，帆船却被从空中落下的岩浆击中，船毁人亡，勇敢的水手们成为庞贝的殉葬者。此刻，神秘的庞贝古城仿佛沉思在夕照中，静静地面对着我这个万里之外前来探询的东方来客。

第二天清晨，从那不勒斯出发，早早赶到庞贝，古城博物馆刚刚开门。我成为这天第一批走进庞贝的人。

古老的街道沐浴在朝晖中，路面的一块块石头，如光滑的古镜反射着日光，让人感觉目眩。这光滑的石头路，被无数人的脚磨得光滑发亮。摩擦过这路面的脚，究竟是两千年前的古罗马人，还是这数百年来的近代和现代人呢？谁也无法分辨这路上的人迹了，古人今人的脚印，早已融为一体。笔直的大道印证着当年庞贝的恢宏气派，可以想象贵族的骑兵和车队曾如何在路上经过，还有那些负重而行的奴隶……古城中到处可见废墟，巨大的竞技场、浴场、贵族的庭院、工人的作坊。庞贝的繁华和奢侈,从废墟的残垣柱桩中依然能够窥见。贵族庭院中的彩色马赛克,今天看来仍鲜艳如新,浴场的豪华和排场,令今人咋舌。难怪有人说,庞贝的毁灭,是因为享乐过度,所以上帝才点燃了惩罚之火。

不过,惩罚之火的说法,无论如何难以成立。火山喷发时,庞贝的所有居民,无论尊贵卑贱,无论富贵贫穷,都遭到了惩罚,并没有因为生前未曾享乐而幸免。对两千年前的庞贝人来说,这次突然的火山爆发,无异于世界末日,在爆炸声和火焰光中,他们看见了世界和生命被毁灭的景象,一切都在火光中灰飞烟灭……

在一间大作坊中,我看见了那些被火山熔岩定格的死者。这些古代死者,并不是木乃伊,也不是人工的雕塑。考古学家们在凝固的火山灰中发现这些尸体的空壳,便用石膏使之复原,一批垂死者的真实雕塑,便重现在世人面前,现代人可以由此想见庞贝毁灭时发生的故事。这些石膏人模展现的,是庞贝人临死前的形状,让人心灵震撼:人们在奔跑逃命,在呼号痛哭,在突然来临的死神面前惊恐万状。有人两手抱头,蜷曲成团;有人以手掩面,靠墙跪蹲；有人躺在地上，扭曲变形……一个母亲，将婴儿紧紧环抱在胸前，用自己的头、身体和四肢遮挡着火焰和岩浆，人间伟大的母爱，被凝固在这里；一对情侣，紧紧拥抱着合二为一，在夺命烈焰中，爱情成为永恒；一只大狗，扑在一个孩子身上，试图为他遮挡住从天而降的火山灰，孩子则伏在大狗的身下，一只手紧搂着狗的脖子，人和狗相拥而亡的景象，悲惨而感人，世间的生命，就这样相亲相爱，生死依存……

如果世界真是由上帝创造，那么，这位上帝创

造的最伟大的东西，不是世间万物，不是宇宙，而是生命之爱。庞贝人在生命被毁灭时的表现，印证了这样的爱。

庞贝作为一座繁华的城市，再也没有恢复。然而世界并没有因为庞贝的消失而毁灭，人类依然在大地上生活繁衍。在庞贝的废墟上，鸟还在天上飞翔，牛羊还在山坡上吃草，花树还在土地中萌芽抽叶。而庞贝人在面对死神时的种种动作和神态，成为人类之爱的永恒表情，悲惨而神圣，让每一个参观者心颤，也让人思索生命的意义。

我站在庞贝的中心向远处眺望，维苏威火山呈一种神秘的青灰色，起伏在碧蓝的天空下，以沉默俯瞰着被它毁灭的城市。当年喷吐过死亡之火的山峰，也许会一直沉默下去，成为天地间永恒的谜语。

雨中斜塔

到比萨，是在黄昏时分。那是一个乌云密布的黄昏，不到五点，天色已昏暗。

走进比萨古城，很远就看见了斜塔，那座古老的巨塔，确实斜得厉害，就像一个喝醉了酒的巨人，跟跟跄跄走过来，一个趔趄，身体前倾，眼看就要扑倒在地，却奇迹般地停止倾倒，定格成一个杂技般的动作。

站在路边，对着照相机镜头伸出一只手来，选取一个合适的角度看，那座斜塔，就被托在了手掌中。来比萨的游客，大多会做一下这个动作，不费吹灰之力，便将一座世界闻名的古塔收藏在自己的手掌中。

永远无法做到的事情，在快门闪动的瞬间，竟然成为一种视觉上的现实。

比萨斜塔其实是教堂广场上的钟楼，始建于十二世纪，历经一个多世纪才完工。这是一座巍峨的圆柱形白色大理石建筑，主体七层，加上顶层楼塔，共八层。每个楼层都由精致的罗马立柱环绕托举，立柱之间是圆形拱门，门廊上也雕满花纹。

两百多根立柱，自下而上，构成两百多个拱门，既繁复又壮观。据说，塔身的重量，有一万四千多吨。这样结构对称完美的钟楼，当年在建筑的过程中就开始倾斜。

建造的过程如此漫长，就是为了解决塔身倾斜的问题，造塔的设计师和工匠们想尽了办法，还是不能纠正它的站姿。

钟楼完工后，塔顶中心点偏离塔体中心垂直线两米左右。当这座倾斜的巨塔出现在人们的眼帘中时，人人都认为它必定会倒塌，人人都为之叹息，如此美妙巍峨的石塔，竟然无法久存于世。

六百多年来，因松散的地基难以承受塔身的重压，塔仍然缓缓地向南倾斜。

一九七二年十月，意大利发生大地震，斜塔遥遥欲坠，整个塔身大幅度摇晃达二十多分钟。然而斜塔仍然屹立不倒。

斜塔的斜而不倒，是世界建筑史上的奇迹，成为天地间的奇观。这不是建筑师的预设，而是造物主的安排，是人类建筑中的一个奇观。

中国人知道的斜塔，和物理学家伽利略连在一起。一五九〇年，伽利略曾在斜塔上做物体自由落地的试验，轰动世界。亚里士多德认为，重量和落地的速度成正比，物体愈重，落地的速度便愈快。伽利略对亚里士多德的理论提出挑战，他认为，相同质量的物体，无论轻重，应该以相同速度落地。亚里士多德是被奉为神明的古希腊哲人，太阳般普照大地的理论权威，没有人敢怀疑他说过的任何话。伽利略的大胆怀疑，冒着天大的危险。然而科学不是假想，需要实验来证明。于是，伽利略捧着一大一小两个铁球，站到了斜塔的顶端……

　　我站在斜塔下面，抬头仰望，巍峨塔身就在我的头顶，仿佛马上要塌下来，古老大理石间的镶嵌痕迹清晰可见。我想，伽利略应该是站在斜塔的七层楼顶上，那里离地面数十米高，铁球从上面坠落，到地面不过几秒钟时间。此刻，天上飘着微雨，巨大的塔影在蓝灰色的天幕上晃动。我想象伽利略站在斜塔上，手里拿着一大一小两个铁球，准备做那个震惊世界的试验。那时，斜塔下一定聚集着很多好奇的观众，他们的心情是复杂的。有的人是来看伽利略出丑，在他们的眼里，挑战亚里士多德的人，一定是跳梁小丑。很多人是来看热闹，他们把站在斜塔顶上的伽利略看成了一个演员，他们未必知道两个铁球先后落地或者同时落地有什么区别。也有怀着敬慕之心的观者，他们多少了解伽利略，知道这个当时的科学家绝非等闲之辈，他要做这个试验，一定有成功的把握，他们希望伽利略成功，希望他挑战权威成功。站到斜塔顶上的伽利略，是否犹豫过？我仿佛能看到那双俯视地面的眼睛，目光中有的是坚定和自信。伽利略心里明白，他即将要做的试验意味着什么，或者纠正权威的谬误，或者身败名裂。挑战亚里士多德，不仅需要勇气和胆量，更需要严谨的科学态度。我读过有关伽利略的书，对这个故事，没有太多的描述。也许，在伽利略当众走上斜塔做试验之前，他曾经一个人带着铁球悄悄上过塔顶……四百多年前的那个物体自由落地试验，已经成为科学史上经典一幕，被认为不朽的亚里士多德理论，在两个铁球同时砰然落地的瞬间被颠覆。

　　我在斜塔下站了片刻。又看了旁边的大教堂，斜塔作为钟楼，其实只是教堂的附属建筑，但是，所有来这里的人，都把目光投向斜塔。我想，如果这塔是直的，那么，比萨也许永远默默无闻。

离开比萨时，突然下起雨来，开始是小雨，我在雨中疾步行走，想赶在被淋湿前走出古城，找到在城外等候的汽车。然而雨越下越大，很快就变成了倾盆大雨，翻卷在天空的乌云，全部液化成豆大的雨滴，哗啦哗啦倾斜下来。我只能走进路边的一家店铺躲雨。

这是一家出售旅游纪念品的小店，柔和的灯光映照着无数斜塔的纪念品。陶瓷、金属、木头、绘画、大大小小的斜塔，让人看得眼花。管铺子的是一位头发金黄的姑娘，她热情耐心地陪我挑选，买了六种斜塔的纪念品。我问她是否有和伽利略有关的艺术品，她笑了："有啊，每一个斜塔中，都有伽利略的脚印。"

走出小店，雨已经停了。站在路边回望斜塔，心里陡然一惊。深蓝色的天幕上，斜塔犹如一个身披着斗篷的巨人，身体前倾着，正欲举步赶上来。

在柏林散步

早晨醒得早,起身出门散步。

沿着宾馆对面的花园无目的地行走。花园尽头,是一个十字路口,见一片被围起来的废墟,荒草丛生,似乎有点儿煞风景。

回宾馆后听人介绍,才知这片废墟当年就是纳粹党卫军冲锋队总部,纳粹的头领带着他们的随从常常在这里进出。对生活在柏林的犹太人来说,这就是地狱之门。

盟军和苏联红军攻打柏林时,这里当然是主要的轰炸目标,炸弹将这一片楼房夷为平地。二战结束后,被摧毁的柏林很快开始重建,德国人在废墟上重新建造起一座新的柏林,但纳粹冲锋队遗址却一直被废弃着。

我想,这是一种姿态,也是一种警示。这样疯狂的镇压人民的武装机构,不应该再恢复。这废墟触目惊心地横陈在闹市中,也可以提醒人们这里曾发生过什么,提醒人们德国在二战中曾犯下的深重罪孽,提醒人们再不要重蹈覆辙。

我很自然地想起二战后德国总理勃兰特访问波兰时的一幕,在被纳粹杀害的犹太人纪念碑前,他含着眼泪下跪。全世界都记住了德国总理的这个情不自禁的动作。一个敢于直面历史、勇于反思、记取教训的民族,是可以获得谅解并赢得尊敬的。

同样在二十世纪对人类犯下战争罪孽的日本,很多政客对历史的看法便大不一样,在日本,这样的姿态和提醒,似乎少见。

上午继续在城中漫步。离我们的宾馆不远,就是当年的柏林墙。隔离东西方的高墙早已倒塌,但遗迹还在。

当年围墙的唯一通道,是一个森严壁垒的检查站,两面都有全副武装的军人把守。检查站的岗楼还在,楼边竖立着一块高大的广告牌。我们从东柏林一侧看,广告牌上是一个苏联军人的大照片,如从西柏林一侧看,则是一个美国军人的大照片,照片上的军人表情肃穆,目光中含着几分忧郁。那目光给人的联想是复杂的,它们折射出一段漫长的不堪回首的历史,它们和人为的分隔与敌对连在一起,和无谓的流血与牺牲连在一起。

柏林墙被推倒已经十多年了,在柏林城里,那道围墙的痕迹依然清晰地被留在地上，每个自由经过这里的人都可以看到地上那道用石头铺出的墙基。

我们的汽车在当年的检查站旁边停下来，我发现，那里有一家商店，店门外的墙壁上，镶嵌着一块块柏林墙的残片，残片上是彩色绘画的局部，依稀可辨流泪的眼睛，扭曲的肢体，让人产生沉重的联想。

离柏林墙检查站不远，便是当年纳粹的党卫军总部，那是一幢古希腊式的石头大厦，竟然没有被盟军的炸弹轰塌。

大厦门口，有两尊石头雕像，雕的是谁已经无法辨认，当年的炮弹炸飞了雕像的上半身，我能见到的只是两个黑色的不规则残体。

应该承认，这是一幢颇有气派的建筑，如果不是党卫军用来当总部，它应该也是柏林引以为自豪的建筑。然而它却成了凶暴残忍的象征！当然，建筑无辜，是入住此地的纳粹党徒们有罪。

很显然，这也是没有被修复的一栋建筑，其用意，大概和我们宾馆对面的那片废墟是一样的吧。被岁月熏成黑黄色的墙面上，能看到累累弹痕，惊心动魄的历史，静静地凝固在这些沉默的弹痕里。

在纳粹党卫军总部对面，是古老的普鲁士议会大厦。这座大厦当年也曾毁于轰炸，但战后又修复如初。早就听说德国人修复被毁建筑的功夫惊人，在柏林，眼见为实了。普鲁士议会大厦前，有一座高大的青铜坐像，那人物，眉眼间颇觉熟悉，仔细一看，竟是歌德。青铜的歌德在这里大概也坐了一百多年了，街对面那座大厦里发生的事情，都曾活动在他的视野中。崇尚自由讴歌人性的歌德，目睹自己的国度发生如此荒唐野蛮的故事，该作何感想呢？

看到了著名的勃兰登堡门。当年，它属于东柏林，由于它紧贴柏林墙，一般人难以走近它，在很多人心目中，它已经和柏林墙连成一体，也是咫尺天涯的隔绝象征。柏林墙的墙基，很触目地横过勃兰登堡门前面的大街，每一个穿过街道的人都会看到它、踩到它、越过它，此刻，它只是地上的一道痕迹了。勃兰登堡门前的广场上，有不少游览拍照的人，阳光下，门顶上那组青铜雕塑闪闪发亮。柏林墙被推倒的那一天，欢庆的德国年轻人爬到了门顶上，雕塑的马腿和人像的手足都被扭歪了，事后

81

费了很大的功夫才将它们修复。穿过勃兰登堡门往东，就是当年的东柏林，正对勃兰登堡门的是著名的菩提树大街。我们眼帘中那些方正高大的建筑，基本上都是二战后建造的，一九四五年前的老柏林，已经旧迹难寻了。

不过，在柏林还是到处能看到旧时建筑，少数是残存的，大部分是重修的，如那幢堪称巍峨的国会大厦。当年希特勒利用那场不知所终的国会大厦纵火案，清洗了德国共产党，国会大厦也因此名扬天下。在我的记忆中，与此有关的是前苏联电影《攻克柏林》，在这座大厦中曾有过殊死搏杀。两个苏联红军战士将胜利之旗插上大厦圆形穹顶的镜头，令人难以忘怀。其实，这幢大厦当年也被战火严重损伤，那个巨大的绿色圆顶，几乎整个被炮火掀去。战后，大厦被修复，但那个圆顶，却只留下镂空的骨架。这是战争的纪念，也可以让德国人睹物思史，反思那段耻辱的历史。在国会大厦前的草坪上散步时，发现很奇怪的现象，在这个宽阔的草坪上走动拍照的，竟然大多是中国人，如果不看周围的建筑，真让人误以为是回到了中国。

洪堡大学也在菩提树大街边。车经过时我走进校门看了一下。洪堡大学是世界著名的大学，许多了不起的文学家、哲学家和科学家曾就教或就读于此，其中有诗人海涅，哲学家黑格尔和费尔巴哈，科学家爱因斯坦，马克思和恩格斯也曾在这里读书。曾先后有三十多个诺贝尔奖获得者在这里上学或任教。因为是星期天，静悄悄的校园里看不见人影。两棵高大的银杏树将金黄色的落叶撒了一地，落叶缤纷的草地上，有一尊大理石胸像，我不认识被雕者为谁，是一位沉思的老人。看了雕像上的文字，方知是诺贝尔文学奖获得者特奥多尔·蒙姆森（Theodor Mommsen），这是德国历史学家，曾在洪堡大学讲授古代史，也曾任该校校长。因为他的《罗马史》写得文采斐然，获得一九〇二年的诺贝尔文学奖。此刻，这位睿智的老人独自沉思在他曾经工作过的校园里，凝视着遍地黄叶……

袋鼠和考拉

在人类还没有到达这片土地时，袋鼠就已经是这里的主人。在澳洲的山林和原野中，到处是它们活泼矫健的身影。袋鼠的英文名字是kangaroo，这名字的来历很有趣。英国人最初登陆澳洲时，发现这些在欧亚大陆上从未见过的动物，非常惊奇，便问当地的土著，这是什么动物。土著听不懂英语，便回答不知道。"kangaroo"，就是土著人说"不知道"的英文谐音。在澳洲旅行，坐车穿越山林时，常常能见到袋鼠在灌木林中出没，野生的袋鼠决不会和人亲近，还没等人走近，它们就消失在丛林里，像一道棕色的闪电，倏忽即逝。

一次，参观维多利亚州的一个牧场，牧场里有被驯养得非常温顺的袋鼠，可以任人抚摸拍照合影。这使我有机会仔细观察这些奇特的动物。袋鼠后腿发达，后蹄三趾，尾巴粗而长，前腿已部分退化，和后腿相比，显得细小无力，前掌却有五趾。袋鼠在原野奔跑时，主要靠后腿和尾巴弹地跳跃，所以姿态和其他动物不同，袋鼠奔跑的速度超过跑得最快的运动员。在牧场里看到它们用四足行走，那是很奇怪的一种姿态，仿佛乞丐匍匐在地向人乞讨。袋鼠站起来有一人高，它们攻击对手时，总是处于站立的状态，四肢和尾巴都可以用来攻击。以前曾在电视节目中看到袋鼠之间的搏击，很像两个散打拳击运动员在台上竞技。听澳洲的朋友说，他们夜间行车穿越丘陵和原野时，常常会遇到成群结队的袋鼠，正在公路上行走的袋鼠看到灯光，会突然直立起身子，呆站在那里一动不动，所以常常被飞驰的汽车撞死。牧场里的袋鼠早已失去了奔驰山林的野性，它们用温和的目光迎接着来客，不慌不忙吃着人们丢下的食物。看着这些被驯化的袋鼠，

不由得生出几分怜悯来。

在牧场上还看到两只高大的鸟,在羊群边悠闲地踱步,它们形如非洲鸵鸟,两翼的羽毛夸张地翘起,却不会飞行。这便是澳洲特有的鸸鹋,鸸鹋是澳大利亚的国鸟。在澳大利亚的国徽上,有两种动物,一种是袋鼠,另一种就是鸸鹋。在这个牧场里,澳大利亚国徽上的这两种动物我都看到了。

和动作敏捷的袋鼠相比,人们也许更喜欢憨头憨脑的考拉。考拉,也就是树袋熊。我曾经去过一个著名的树袋熊保护区。这是一片巨大的桉树林,空气中弥漫着桉叶的清香,考拉们就栖息其中。步入树林深处,只见考拉们各自占据着一棵桉树,稳稳地坐在树杈上,不慌不忙地嚼着桉树叶。毛茸茸的考拉样子确实很可爱,我站在树下观察它,它坐在树上也用两只小小的黑眼睛看着你,目光中流露出来的是天真和淡然。对于突然闯入的不速之客,它似乎并不在意,任你怎么逗引它,它只是悠闲地嚼着树叶,仿佛天塌下来也与它们无关。考拉看上去动作迟钝,奇怪的是它们以各种姿态坐在树枝上,却很好地保持着身体的平衡,怎么也不会摔下来。一位澳洲朋友告诉我,考拉为什么老是半睡半醒、痴痴呆呆的样子，这是因为和它们的食物有关。考拉唯一的食物是桉树叶，桉树叶中含有麻醉剂，所以整天嚼食桉树叶的考拉们便时时处于昏昏欲睡的状态。好在上帝让它们掌握了保持平衡的能力，所以它们能稳坐在树枝上，就是睡着了也不会摔下来。有人开玩笑说，澳洲人为什么大多性情温和而不逾矩，这也和空气中的桉叶气息有关。桉树是澳洲最主要的树种，世界上的桉树，几乎都集中在澳洲。在澳洲旅行，只要是山林和旷野，目之所至，必定能见到桉树，白色的树干，茂密的绿叶，在天地间摇曳着它们多姿的形态。对靠桉树叶维持生命的考拉们来说，这里确实是它们的天堂了。

远去的歌声

　　记忆是一个奇妙的仓库，你经历过的情景，只要用心记住了，它们便会永远留存下来，本领再高的盗贼也无法将它们窃走。记忆中这些美好的库藏，可能是一个动人的故事，一张温和的笑脸，一幅优美的画，一个刻骨铭心的美妙的瞬间，也可能是一种曾经拨动你心弦的声音。

　　是的，我想起了一些奇妙的声音。这些声音早已离我远去，但我却无法忘记它们，有时，它们还会飘漾在我的梦中，使我恍惚又回到了童年时代。

　　常常是在一些晴朗的下午，阳光透过窗玻璃的反照，在天花板上浮动。这时，窗外传来了一阵悠扬的女声："修牙刷——坏格牙刷修……"这样枯燥乏味的几句话，竟然被唱出了婉转迷离的旋律，这旋律，悠扬，高亢，跌宕起伏，带着一种幽远的亲切和温润，也蕴涵着些许忧伤和凄美，在曲折的弄堂里飘旋回荡，一声声叩动着我的心。这时，我正被大人强迫躺在床上睡午觉，窗外传来的声音，仿佛是映照在天花板上的阳光的一部分，或者说是阳光演奏出的声音和旋律,在我童年的记忆中,午后的阳光,就有着这样的旋律。我的想象力很自然地被这美妙的声音煽动起来,我追随着这声音,走出弄堂,走出城市,走向田野,走到海边,走进树林,走到山上,走入云端……奇怪的是,在我的联想中,就是没有和牙刷和修牙刷的行当连在一起的东西,只是一阵从一个遥远而陌生的地方传来的美妙音乐。我唯恐这音乐很快消失,便用心捕捉着它们,捕捉它们的每一个音符,每一次回旋,每一声拖腔。当这声音如游丝一般在天边消失,我也不知不觉被它带入了云光斑斓的梦境。

这声音和浮动的阳光一起,留在了我的心里,就像一枝饱蘸着淡彩的毛笔,轻轻地抹过一张雪白的宣纸,在这白纸上,便出现了永远不会消除的彩晕。因为这些歌声,修牙刷这样乏味的活计,在我的想象中竟也有了抑扬顿挫的诗意。我常常想,能唱出如此奇妙动听的歌声的人,必定是一些很美丽的女人。我不止一次想象她们的形象:柳树一样的身姿,桃花一样的面容,清泉一样的目光,她们彩云一样播撒着仙乐飘飘而来,又彩云一样飘然而去……因为这些歌声,我从来没有把这声音想成吆喝或者叫卖，它们确实是歌，或者说是如歌的呼唤。然而见到她们后，我吃了一惊，她们和我想象中的仙女完全是两回事。

有一次我在弄堂里玩，突然听到了"修牙刷"的呼喊，这声音美妙一如以往，悠然从弄堂口飘进来。我赶紧回头看，只见一个矮而胖的姑娘，穿一身打补丁的大襟花布棉袄，背一个木箱，脚步蹒跚地向我走来。她的容貌也不耐看，小眼睛，凹鼻梁，厚嘴唇，被太阳晒得又红又黑的脸色显得茁壮健康。那带给我很多美丽幻想的仙乐，就是由这样一个苏北乡下姑娘喊出来的！

我后来又看到过几个修牙刷的姑娘，她们除了修牙刷，常常还兼修雨伞。她们的形象，和我第一次见到的那位差不多。我不止一次观察过她们修理牙刷的过程，那是一种细巧的工作，用锥子在牙刷柄上刺出小洞，然后再穿入牙刷毛。她们的手很粗糙，然而非常灵活……

有意思的是，这些长得不好看的村姑，并没有破坏我对她们的歌声的美好印象。记忆的宣纸上，依然是那团诗意盎然的彩晕。当我在午后的阳光中听到她们的呼喊时，依然会遐想联翩，走进我憧憬的乐园。

那声音，早已远去，现在再也不会有人要修牙刷。我很奇怪，为什么我会一直清晰地记得它们。当我用文字来描绘这些声音时，它们仿佛正萦绕在我的耳畔。有时候，睡在床上，在将醒未醒之际，这样的声音仿佛会从遥远的地方飘来，使时光倒流数十年，把我一下子拽回到遥远的童年时代。

在童年的记忆中，这样的声音并不单一。那时，在街头巷尾到处有动听的呼喊，除了修牙刷修伞的，还有修沙发的、箍桶的、配钥匙的、修棕绷藤绷的，所有的手艺人，都会用如歌的旋律发出他们独特的呼喊。还有那些飘漾在暮色中的叫卖声，卖芝麻糊的，卖赤豆粥的，卖小馄饨和宁波汤团的，卖炒白果和五香豆的，一个个唱得委婉百啭，带着一种甜美的辛酸，轻轻叩动着人心……

这样的旧日都市风景，已经一去不返。现在时常出现在新村和里弄的叫卖声，粗浊而生硬，只有推销的急切，毫无人生的感慨，更无艺术的优雅。使我聊以自慰的是，现代人欣赏音乐，有了更多现代的途径。不用天天到音乐厅去，只要套上耳机，转动一张光盘，便能沉浸在音乐的辽阔海洋中。然而，有什么声音能替代当年那些亲切温润的歌唱呢？

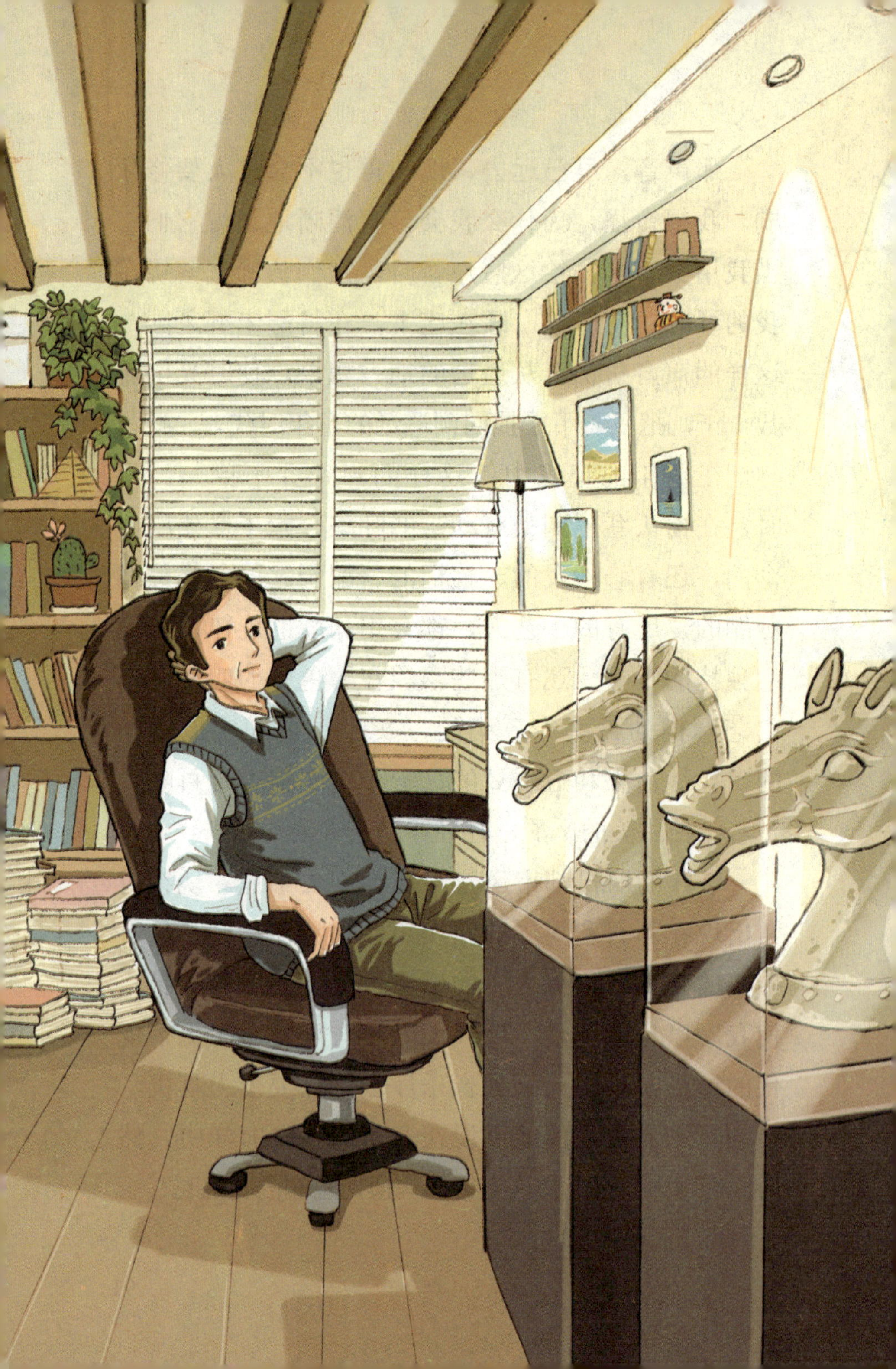

汉陶马头

连云港的朋友赠我两个陶制马头,说是汉代遗物。汉代历史不短,西汉二百三十年,东汉将近二百年,前后四百余年。这马头,即使制作于东汉末年,距今也已有一千八百年了。马头和秦始皇陵兵马俑中的战马很像,已经没有了釉彩,呈露出黄土本色。马头完整无损,造型雄浑厚朴,线条简练刚健,耳、目、鼻,轮廓分明,使人想起汉代名将霍去病墓前的石马。不过和霍去病墓前的石马相比,这两个陶马头的表情似乎更生动。墓前的石马是一种沉静的状态,而这两匹马,耳朵竖起,双目圆睁,嘴巴微张,是正在奔跑中的表情。

有一千八百年历史的老古董,当然不敢怠慢它们。放到玻璃柜里,用灯光照着它们,常常有事没事地瞧几眼,瞧得熟了,两个马头仿佛都活了起来,不时以它们的语言告诉我一些什么,使我浮想联翩。

你,一个两千年后的文人,你骑过马吗?

——寂静中,我听见那两匹马在悄然发问。

你知道我们是什么马?

——是什么马?你们告诉我吧。

我们是战马。我们曾经在沙场上奔驰,在鼓号声中冲锋陷阵。世界上有什么马比我们更勇敢更威武?我们身上骑着无畏的战士,我们的脚下踩过敌人的尸体,我们的身边回荡着厮杀的呐喊和刀枪的撞击……

我们是拉车的马。我们曾经天天在崎岖的道路上奔跑,我们从来没有机会回头看一眼坐在车上的主人,只能埋头往前走啊,走啊,不知道何处是我们的尽头……

我们是送信的马。我们曾经整日奔波在曲折的驿道上,跑得气喘吁吁,大汗淋漓。信使不停地用皮鞭抽打我们的身体,永远嫌我们跑得太慢。他们怀揣着的是什么信,我们也永远无法知道。

唉,可惜,我们只是两匹殉葬的马,还没有机会驰骋原野,就被埋进了坟墓,陪伴着我们素不相识的死者。我们在黑暗中期待了千百年,只想有朝一日重见天日,做一匹自由的骏马。你看见我们张开的嘴巴了吗,那是我们在墓穴中嘶鸣。但是我们的声音被黑暗窒息,被时间吞噬,被阴冷的砖石和泥土尘封……

此刻，我们被锁在你的柜子里，我们依然不自由。也好，我们就做来自汉代的使者吧，我们在你的书房里会面，和你一起怀古，和你一起遐想，让你寂静的心驿动不安，让你的思想在两千年的时空间来回飞翔。

有时，我会被自己的妄想惊醒。在我面前的，不过是两个没有生命的陶马头，只是它们确实经历了两千个春秋，那黄土的颜色，那活灵活现的表情，分明在向我叙述历史，在讲遥远的故事。我也由此想起两千年的陶艺家，想象他们用灵巧的手塑造这些马头的情景。小时候，我曾经认为中国古代的雕塑不如西方、古希腊、古罗马雕塑的逼真，在中国古代的雕塑中看不到。自从出土了秦代的兵马俑，人们对中国古代的造型艺术刮目相看。而这两个汉马头，同样也验证着这一点。

致音乐

　　你是谁？为什么我看不见你，而你却那么奇妙地跟随着我，使我无法离开你？你融化在空气里，弥漫在阳光里，流动在时光的脚步声中，你使我的心灵变成了一根琴弦，久久地颤动……

　　你时而像长江大河汹涌而来，我的灵魂如同一叶小舟，被你的波浪簇拥着，在呼啸的浪涛声中作激动人心的旅行……

　　你时而如涓涓细流，从幽静的山林中娓娓而来，在你清澈的涟漪中，我照见了自己疲惫的面容，你用清凉的流水，洗濯着我身上的尘土……我怎能不在你的身边流连忘返呢？

　　你时而像春天的风，从四面八方向我吹来，使我感到温暖和湿润。在你奇妙的风中，我成了一只风筝，被你高高地吹到了空中。你使我看到，这个世界是多么辽阔！

　　你时而像划破夜空的闪电，突然在我的周围发出耀眼的光芒。如果我曾因为黑暗而恐惧，因为夜的漫长而焦虑不安，在看到你的神奇的光芒之后，我便会很平静地面对黑暗，我相信你光明的昭示宣判了黑暗的短暂。

在我的无数朋友中间，没有一个朋友像你那样忠实。只要认识了你，你就会永久地留在我的心里，岁月的流逝无法把你的形象冲淡。如果心里有一扇门的话，这门对你永远不会关闭。在寂寞时，你的到来会给我带来欢声；在痛苦时，你的出现会使我平静；在烦躁时，你会轻轻地抚摸我，把我引入心静如水的境界；在暗淡而慵懒的时刻，你会用激昂的声音大声提醒我：一切都只是刚刚开始，往前走啊！

哦，我亲爱的朋友，我愿意被你引导着，去寻找我心中憧憬的妙境……

为你打开一扇门

　　世界上有无数关闭着的门。每一扇门里,都有一个你不了解的世界。求知和阅世的过程,就是打开这些门的过程。打开这些门,走进去,浏览新鲜的景物,探求未知的天地,这是一件激动人心的事情,也是一个乐趣无穷的过程。一个不想开门探寻的人,必定会是一个在精神上贫困衰弱的人,他只能在这些关闭的门外无聊地徘徊。当别人为大自然和人世间奇妙的景象惊奇迷醉时,他却在沉睡。

　　世界上没有打不开的门。只要你愿意花时间,花功夫,只要你对门里的世界有着探索和了解的愿望,这些门一定会在你面前洞开,为你展现新奇美妙的风景。

　　在这些关闭着的门中,有一扇非常重要的大门,这扇门上写着两个字:文学。

　　文学是人类感情最丰富、最生动的表达,是人类历史最形象的诠释。一个民族的文学,是这个民族的历史。一个时代的优秀文学作品,是这个时代的缩影,是这个时代的心声,是这个时代千姿百态的社会风俗画和人文风景线，是这个时代的精神和情感的结晶。优秀的文学作品中，传达着人类的憧憬和理想，凝集着人类美好的感情和灿烂的智慧。阅读优秀的文学作品，对了解历史，了解社会，了解自然，了解人生的意义，是一件大有裨益的事情。文学作品对人的影响，是潜移默化的。阅读文学作品，是一种文化的积累，是一种知识的积累，也是一种感情和智慧的积累。大量地阅读优秀的文学作品，不仅能增长人的知识，也能丰富人的感情。作为一个有文化有修养的现代文明人，如果对文学一无所知，那是不可想象的。有人说，一个从不阅读文学作品的人，纵然他有着"硕士""博士"或者更高的学位，他也只能是一个"高智商的野蛮人"。这并不是危言耸听。亲近文学，阅读优秀的文学作品，是一个文明人增长知识、提高修养、丰富情感的极为重要的途径。这已经成为很多人的共识。

　　古今中外，优秀文学作品的库藏浩如烟海，在这样一套规模不算太大的文学选本中，要想全面地展示文学史，把前人创造的文学精华和盘托出，并不可能。这套文学作品的选本，只是从文学的百花园中采了一些花卉，只是从文学的海洋里捧出了几朵晶莹的浪花，但愿读者能从这些花卉和浪花中认识花园和海洋的魅力，进而产生这样的欲望：去探寻这美丽的大花园，到这迷人的大海中扬帆远航……

我曾经写过一段文字，题目是《致文学》，这段文字，是我和文学的对话，表达了我对文学的一些想法。让我把这段文字引在这里，愿它们能引起青少年读者对文学的兴趣，并以它们作为这篇序文的结尾，也作为这部文学选本的先导。

致文学：

你是广袤的大地，是辽阔的天空，你是崇山峻岭，是江海湖泊，你用彩色的文字，描绘出世界上可能存在的一切美妙景象。不管是壮阔雄奇的，还是精微细致的，不管是缤纷热烈的，还是深沉肃穆的，你都能有声有色地展现。你使很多足不出户的人在油墨的清香中游历了五光十色的境界。

你告诉人们，人生的色彩是何等丰富，人生的旅途又是何等曲折漫长。你把生活的帷幕一幕一幕地拉开，让无数不同的角色在人生的舞台上演出激动人心的喜剧和悲剧。你可以呼唤出千百年前的古人，请他们深情地讲述历史，也可以请出你最熟悉的同代人，叙述人人都可能经历的日常生活。你吐露出的喜怒哀乐，使人开怀大笑，也使人热泪沾襟……

你是遥远的过去，是刚刚过去的昨天，也是无穷无尽的未来，你把时间凝聚在薄薄的书页之中，让读者的思想无拘无束地漫游在岁月长河里，尽情地浏览两岸变化无穷的风光。你是现实的回声，是梦想的折光，是平凡的客观天地和斑斓的理想世界奇异的交汇。

有时候，你展现漫长的历史，有时候，你只是描绘一个难忘的瞬间。如果你真实、真诚，如果你是真实人生的写照，是跌宕命运的画像，那么，人们在你的面前发出情不自禁的感叹是多么自然的事情。你是一双神奇的大手，拨动着无数人的心弦。你在人心中激起的回响，是这个世界上最激动的声音。人心是无边无际的海洋，这个海洋发出的声响，悠远而深沉，任何声音都无法模拟无法遮掩。

你是一个真诚而忠实的朋友，你只是为热爱你的人们默默奉献，把他们引入辽阔美好的世界，让他们看到世界上最奇丽的风景,让他们懂得人生的真谛。只要愿意和你交朋友,你就会毫无保留地把心交给他们。你永远不会背叛热爱你的朋友,除非他们弃你而去。

你是一扇神奇的大门,所有愿意走进这扇大门的人,都不会空手而归。而对那些把你当作追名逐利的敲门砖的人,你会把你的门关得很紧。

汉字之魅

二〇〇八年八月八日,中国人度过了一个难忘的激情之夜。百年梦想,在这个夜晚以一种惊艳的方式开场,使全世界都发出了惊叹。惊叹什么?是中国历史的悠久,是中国文化的灿烂,是中国人的智慧和想象力,是中国对世界的善意。

有记者问我,北京奥运会开幕式表演中,哪些情景留给你的印象最深刻?我想,是那些汉字,那些在古老长卷上翩然舞动,变化无穷的方块字。八百余个汉字,时隐时现,时起时伏,不断地排列组合成奇妙的图景,时而如山峦绵延,时而如波澜汹涌,时而如长城逶迤。这些汉字,不是简单地展示中国四大发明中的活字印刷,而是表现了中国文化的独特性和创造性。古老的中华文化

能绵延不断传承至今，得益于我们独一无二的文字，数千年来，是汉字记录了中华的历史，抒发了中国人的感情，讲述了一代又一代华夏儿女的故事。当代的中国人，和数千年前我们祖先书写阅读的是相同的文字，这一脉相承，是中国文化的恒久博大的活力，也是人类文明的奇迹。在开幕式上出现的这些汉字，组合凸现出三个不同时代的"和"字，令人注目，也让人深思。这"和"字，可以组合衍生成很多词汇：和平，和谐，和睦，和善，和解，和好，和气，和顺，和畅，和蔼，和缓，祥和，亲和，平和，温和，柔和，中和，和为贵……其实，涵义丰富美好的汉字，除了和字，还有其他很多字，譬如仁、爱、道、义、德、信、诚、知、文……选择"和"字在奥运会开幕式上向世界展示，意味深长。古代的"和"字，和现代的

"和"字，形体上有变化，但它所蕴涵的意义，却是相同的：世界和平，人类和睦，社会和谐。这是中国人的理想，也应该是全人类的理想。

古老的汉字，在现代观念和高科技的驱动下，翩翩起舞，借奥运会的劲风，正向全世界传播。看着那八百多汉字在铺展开的长卷上变幻起伏，观者的心潮也随之起伏。多年前，我去新加坡与那里的写作爱好者谈文学，我告诉他们，能用方块字写作，是一个中国作家的幸福和骄傲，因为，汉字是人类文字中表现力最丰富的文字。这是发自我内心深处的由衷之言。在北京奥运会开幕式上，中国人以如此出人意料的方式，向全世界展现了汉字的魅力，也展示了中国文化的魅力。我想，作为一个中国人，是值得骄傲的，因为，我们能以如此璀璨辉煌的文化傲立于世界民族之林。中国的崛起，不仅是经济的崛起，更应该是中华文明的复苏和传播。感激北京奥运会，在让世界惊叹的同时，也以美妙的方式提醒着中国人。

用文字画出天籁

天籁是什么？天籁是日月星辰的运行，是风雨烟云的变幻，是大地上万物生长的姿态，是天空中百鸟的翔舞歌唱，是草的叹息、花的微笑、昆虫的私语，是月光在水面上流动、微风在树林里散步，是细雨亲吻着原野和城市……

只要你热爱自然和生命，只要你懂得欣赏大自然的美，那么，天籁就会是无时不在的朋友，她就在你的周围，在你眼帘里，在你的耳膜边……

我年轻时，曾经在长江口的崇明岛生活过几年，那时，生活穷困，劳动艰苦，精神孤独。但是，有一个朋友始终陪伴着我，无论春夏秋冬，无论阴晴雨雪，她总在我的身边，不离不弃，使我在孤独之中感觉到一种安慰和亲近。这位朋友，就是天籁。我不仅用眼睛欣赏她，用耳朵倾听她，更用心灵去感受她。

那时，我天天在油灯下写日记，日记中的一个重要内容，就是记录每天看到的自然风光。我曾经称这样的记录为：用文字来绘画。

如何用文字来绘画，画出你身边的天籁？首先必须发现天籁之美。只要有一颗热爱自然的心，那么，你观察到的天地万物永远不会平淡无奇。每天的日出，因天边云彩的变幻而景象迥异；庭院里的花树，也会因气候的不同而气象万千；雾里的树影，风中的芦荡，雨中的竹林，阳光下田边地头星星点点的野花，都是那么美妙，值得我把它们画出来。既然是绘画，就要画出形状，画出色彩，画出千变万化的气息，这些，用文字是可以做到的，文字就是绘画的工具和材料。我们的汉字，是世界上表现力最丰富的文字，只要平时注意积累，尽可能多地将各种各样的词汇收入自己的库藏，经常检点它们，使用它们，亲近它们，熟悉每一个词汇的性格和特点，在需要时，它们就会自动蹦到你的笔下，为你完成你的文字绘画。

　　年轻时代用文字绘画的习惯，一直延续到现在，仍然其乐无穷，因为，天籁这位神奇美妙的朋友，从来没有离开过我。

附记：近日获信，香港教育机构将我的《周庄水韵》等几篇散文收入中学语文课本。编者来函，约我写一篇短文，谈如何描写自然景色，可作为学生辅助读本。此类文章，现在很多人已不屑写，用文字描绘自然景象，似已成为无聊和浪费。有人认为，文学的写作，只须写人写事写社会，无关风花雪月。此实乃误区。人若离开自然，岂不成了机器。身在自然却不识其美，是文明人类之悲哀。遂写此文。

祈望

一个人活着，他的心里就会有祈望。

此刻，当春天临近的时候，我悄悄地自问：你，在祈望什么？

我想，我的祈望有时很小，有时也很大。

我祈望春天的阳光早日驱散冬日的严寒，我祈望窗外的花树枝叶比去年繁茂，花蕾比去年兴旺……

我祈望我的亲人和朋友们身体健康，事业成功；我祈望孤儿们都能得到温情和爱；祈望老人们不再被冷漠和孤寂包围；祈望忙碌辛苦的人们都有丰厚的回报。

我祈望我生活的城市繁荣发展，祈望宁静替代喧嚣，祈望清洁替代肮脏，祈望生命的绿色覆盖嘈杂和荒凉。

我祈望我们的国家安定富强，祈望中国人心胸更开阔，目光更远大，脚步更踏实，腰板更硬朗。

我祈望每一个寻找理想的人都能扬起心中的风帆，祈望每一艘承载希望的航船都能抵达幸福的港口。

我祈望和平的良知在我们这个古老而年轻的星球蔓延，让邪恶和贪欲被正义善良的洪流淹没……

我祈望战争的硝烟被和平的甘霖浇灭，让被炮火毁灭的废墟成为历史的纪念碑，让新生命的欢笑淹没家破人亡的哀号……

我祈望饥饿和灾荒被驱逐出世界的任何一个角落……

我知道，我的祈望只是一种憧憬，只是一种梦想，但是，我还是要祈望，祈望思想张开坚强有力的翅膀，向着未来飞翔，祈望所有美好合理的憧憬和梦想都会成为现实！

一个人，如果心里还存着祈望，他的生命就会洋溢生机，他的生活就会充满追求、期待和奋斗。

一个民族，如果还存着祈望，这个民族就不会衰亡。

人类啊，只要还存着祈望，我们这个世界就不会绝望。

所以，我祈望……

小偷

儿子知道"小偷"这个字眼,是在他四岁的时候。

那天下午,放在我家门口的一辆小自行车突然不见了。有人看见,是一个陌生人,上楼来大模大样地搬走了自行车。一个邻居甚至和那小偷在楼梯上打了照面,小偷居然面不改色,像熟人似的笑着和邻居点了点头,然后扛着自行车从容下楼,消失在林荫路上……

这是一辆新的自行车,儿子刚刚用它学会了骑车,兴趣正浓。自行车的被窃,使他感到沮丧,随之而来的是对小偷的怨恨。

"他为什么不自己到商店里去买,而要拿我的车?连说都不和我说一声!"

我告诉儿子,这是小偷之所为。所谓小偷,就是不打招呼拿走别人的东西,把别人的东西占为己有。

"他为什么要偷我的自行车?他是个大人,又不能骑这车,他把我的车扛回家去干吗?"

"他当然不是自己要骑,而是拿去换钱。"妻子在一边大声解释。

"换钱?换钱干吗?"儿子瞪大了眼睛问。

这么简单的问题,要给他一个满意准确的回答倒不太容易。因为他对钱这东西还没有任何概念。于是,我便把话题引开,想说说别的什么。想不到他的脑子里只想着小偷的事情。

"爸爸,你说,偷车的人长得什么样?"他突然又问我。

这个问题我更无法回答。我说:"你管他的模样干什么?"

"知道了他的模样,下次看见他时我抓住他,叫他还我的车!"

见他纠缠不休,我便随便应付他说:"小偷肯定长着一对老鼠眼,看人眼睛骨碌碌打转;他的头发一定很乱,像个鸟窝。"

"哦,是这样。"他点着头,仿佛真的已经记住了小偷的样子。

以后带他一起上街,他总是东张西望,好像在寻找什么。我问他在找什么,他的表情挺严肃,依然大睁着眼睛在人群中寻觅,仿佛没有听到我的问题。我连着问了他几次，他才神秘兮兮地告诉我："我在找小偷！"

见我扑哧一声笑出来，他不满地问："你为什么要笑？"

我说："你这样，就能抓到小偷？"

"能！"他很肯定地回答，"只要给我发现，我就去抓住他！"

见他这么认真，我便不再说什么。我想，要不了多久，这抓小偷的情结就会从他心里渐渐淡化的。

一次在路上散步时，他拉拉我的手，轻轻地说："爸爸，快看！"

听他的声音里充满了紧张，我连忙问："看什么？"

"看，小偷！"他指着迎面走来的一个青年，低声说。

我一看，不禁哑然失笑，迎面走来的这个青年有一头又长又乱的头发，额下长着一对小眼睛。这形象，正符合我向他描绘的小偷的形象。见我们在注意他，青年从我们身边走过时，惊奇地瞥了我们一眼，小凡紧张地抓紧了我的手。等那青年走过去后，我忍不住笑起来。

"怎么，他不是小偷？"他不解地问，"不是眼睛小小的，头发乱乱的吗？"

"他没偷别人东西，怎么能说他是小偷呢？"

"哦，他没偷东西。"他搔着自己的脑袋，也忍不住笑起来，"那么，下次我看到他拿别人的东西时再抓住他吧。"

时间稍长，大家差不多快把那辆童车被窃的事情忘了。我以为抓小偷的情结也已经在小凡的心里淡化了。时间能化解一切，对孩子大概也不例外。

一天，我带小凡出门。经过一家水果店时，小凡突然停住脚步，眼睛里闪出又严肃又警觉的亮光。水果店门口人很多，尤其是那个苹果摊前，围着好几个顾客，营业员根本照顾不过来。这有什么好看呢？我拉着他就走，可他却抓紧了我的手，怎么也不肯走。我问他干什么，他轻轻地告诉我："爸爸，小偷！"我顺着他手指的方向看去，只见一个穿着入时的年轻女人，正在偷偷地把一个苹果塞进自己的手提包，塞了一个，见营业员没有发现，又塞了一个。果然是一个小偷！

小凡用眼色征询我的意见，问我该怎么办。我还没有做出回答，那个年轻女人已经收起提包，离开了水果摊。年轻女人迎面向我们走来，这下我们都看清楚了，这是一个漂亮的女人，端正的五官，飘逸的波浪形长发，脸上是一种不动声色的表情，似乎在思考着什么严肃的问题。看她的样子，简直是一个高傲的公主，不把任何人放在眼里。可她刚才的动作却是千真万确，那个时髦的皮包里，藏着那几个来路不明的苹果……也许她看见小凡正用惊讶而厌恶的目光注视她，有点儿心虚了，脸上便微微红了一下，脚步匆匆地从我们旁边擦身而过，留下一阵外国香水浓郁的气味。

　　我和小凡你看看我，我看看你，愣了好一会儿。他的目光中，充满了惊奇和困惑。这个小偷，既没有骨碌碌转的老鼠眼，也没有鸟窝般乱蓬蓬的头发，而是一个颇有风度的漂亮女士，怎么能不让他惊奇呢？

　　"爸爸，你闻到什么味道了吗？"他突然问我。

　　"是香水吧。"我说。

　　"不！"他很肯定地说，"是臭味，是小偷的气味，真难闻！"

不过，他并没有因此而排解了心里的困惑。事后，他忍不住问我："她为什么看上去一点儿也不像小偷呢？"

于是，我很认真地纠正了以前对他说的关于小偷的外形的那些话。我说："爸爸以前说的话是和你开玩笑的，谁也无法把小偷的样子画出来。他们可能长得很丑，也可能很漂亮。我们的老祖宗有一句话，叫做'人不可貌相'，就是讲的这个道理。人的美和丑，并不在外表，而在内心，在他的行动。"

儿子默默地点着头，心思不知又飞到什么地方去了。对小偷的认识，大概是他认识复杂人世的开始吧。

绿翡翠

复兴公园如同一枚绿色翡翠,静静镶嵌在上海色彩繁杂的闹市中心。它是喧嚣中的一方静土,是尘埃中的一叶绿肺。它诞生成长了一百年,给上海人带来多少难忘的回忆。

二十多年前,我住在香山路,和复兴公园只是一街之隔。那几年,我几乎每天傍晚牵着儿子的小手到公园里散步,熟悉了公园的每一条曲径,走遍了公园的每一个角落:树林、水榭、草坪、假山、广场、茶室……当然,还有儿童乐园。在儿子的记忆中,复兴公园,就是他童年的天堂。我也常常一个人在公园里散步,徜徉于花香鸟语之中,想自己的心事。

一百年前,这里曾是法国租界中的军营,后来改建成花园,只供法国侨民游览消闲,中国人不得入内,它最初的名字是法国公园。法国人在公园里集会，阅兵，庆祝他们的国庆。早期的复兴公园，是中国土地上的一个外国花园，和上海普通市民的生活没有关系。也许只有在这里种花植树的中国园丁熟悉花园中的景象，只有居住在附近的市民听见过从围墙中传来的《马赛曲》。如今的复兴公园，是人们自由出入的公共城市花园。在这里，依然可以感受它的法国情调和风格，中心花坛的几何形对称结构、大草坪、梧桐林、喷水池。不过公园中也融和了中国园林的风格，假山、荷花池、回廊曲径，呈现出中西合璧的景象。公园的变化，缩影了时代的变迁。

　　只有公园里的树木，姿态一如当初。不管时局如何更迭，园中花树总是给人们带来生命的喜悦。当年种植的树苗，已经长成大树。公园广场中那几棵高大的梧桐树，历经百年沧桑，粗壮的树干斑驳苍老，但它们为游人撑起的蔽天浓荫，永远展示着生命的新鲜和蓬勃。这里的树木品种丰富，除了梧桐，还有七叶树、女贞、枳椇、椴树、梓树、榉树、柘树、雪松、水杉、金桂、白腊，在起伏的绿海中，它们各自伸展个性迥异的枝叶，迎接四面八方飞来栖息的小鸟，把斑驳阴凉洒落在林间道路上。有这些常青的乔木，公园里一年四季都绿意葱茏，即使是寒冬腊月，也不会出现萧瑟的景象。秋风起时，桂花的幽香弥漫在空气中，仿佛整个世界都被这沁人的清芬笼罩。

在复兴公园的林中小路上散步，我总是会想起曾经在公园周围生活过的一些人物，他们曾经叱咤风云，在中国现代历史中留下难以磨灭的声音。香山路上的孙中山故居，和复兴公园只是一墙之隔。皋兰路上的张学良故居，也是公园的紧邻。思南路上的周公馆和梅兰芳故居，重庆路上的邹韬奋故居，都是复兴公园的邻居。在复兴公园的林荫小路上，一定留下过这些先贤的足迹。

早晨的复兴公园，是老年人的天下。公园的广场和空地上，到处是晨练的老人，人们打拳、舞剑、做操，也有人在音乐中跳舞。飘舞的银发在金色朝晖中闪耀着青春光彩。公园西南面的树林，是人们遛鸟的所在，无数鸟笼挂在树杈上，画眉、百灵、芙蓉、绣眼、鹩哥、鹦鹉，笼中的鸟在晨光中亮开歌喉，引来了树林中自由的飞鸟，树林里百鸟争鸣，一派喧闹。

在我的记忆中，夜晚的复兴公园是一个灯火灿烂的光明世界。记得每年元宵节,公园里都举办灯会。那时儿子还小,去复兴公园看灯会,对他来说是一场幻想的盛宴。被制扎成各种形态的花灯,在树丛中闪烁发光,犹如神话境界。在荷花池畔回廊中,挂着灯谜,猜中了有奖。我和儿子一起猜灯谜,捧回一大堆奖品,铅笔、橡皮、练习簿、小玩偶。儿子捧着奖品欢呼雀跃的样子就在眼前。那年儿子才七岁,是十八年前的往事了。

  关于复兴公园,有很多美妙的瞬间留在我的记忆中。记得是一个初夏黄昏,我和儿子在荷花池边散步,发现水面的荷叶上栖息着一只青色小乌龟,风吹动荷叶,小乌龟滑入水中,俄顷,小乌龟又奋力爬上荷叶,复又滑入水中,再游回来,重新往荷叶上攀爬……在我们饶有兴趣地观察这小生命的奇妙运动时,夜幕已经悄然垂落,荷池里倒映着绚烂的暮霭,还有我们父子俩忘情天籁的身影。

蛇

恐惧大概并不是一种先天的情绪。成人以为是可怕得不得了的事情，在幼儿眼里，也许有趣得很。

七年前我从墨西哥回来，带回来的照片中，有一张是我和一条蟒蛇的合影。

在访问墨西哥城的一家电影制片厂时，参观一群动物演员，其中有一条三米长的大蟒蛇。主人怂恿我和蟒蛇合影，为了不让对方低估我的胆量，我就硬着头皮让那条大蟒盘到我的身上，感觉它那冷冰冰的躯体缠住我的身体，摩擦我的脖颈，看它用一对小而贼亮的眼睛盯着我，看它张嘴向我吐着血红的舌头……

在照片上，我还强颜作笑，其实心里非常紧张。这是我一生中经历的可以称作是恐怖的情景之一。

回到家里，所有来看照片的人都对我和蟒蛇的合影印象最为深刻。当时儿子才一岁多一点儿，还不会说话，别人看照片，他也要凑热闹，非要挥动着小手扑上来看一眼不可。他最感兴趣的，也是这张画面上有蛇的照片。在生活中，他还从来没有看见过蛇，他因此而感到新鲜。

对蛇的第一印象，在他大概是很亲切的，这巨大的长虫既然可以和自己的父亲这么亲热地缠在一起，当然是一种可以亲近的动物了。

大概是儿子两岁多一点儿的时候。有一次，我带他到公园里去。那是一个春日的下午，有很好的太阳。公园里来了一个马戏团，每天傍晚表演马戏。下午，是动物们休息的时候。

那天下午，公园里几乎没有什么人，我带着儿子走进了马戏团的后院。那是一片草地，草地上放着一排兽笼，笼中关着黑熊、狗、猴子和山羊。还有一条近三米长、碗口粗的大蟒，静静地躺在草地上晒太阳。一进入这个动物世界，儿子一下子兴奋起来，他最感兴趣的，不是笼子里的那些动物，而是躺在草地上的大蟒。他用力甩开我的手，跌跌撞撞地向大蟒跑去。我想阻拦他，已经来不及，他三步两步就跑到了大蟒跟前，并且向大蟒伸出手去，我奔到他身边时，他的小手已经摸到了大蟒的头上。笼子里猴子们突然惊惶不安地上下跳蹿，发出尖利的叫喊……

若在常人的眼里，儿子手摸蟒蛇脑袋的情景大概千钧一发，异常惊险。我虽然很紧张，但还不至于吓得慌了手脚，因为我知道马戏团的大蟒必定是受过训练的，一般温顺而不伤人。

当看到大蟒没有什么反应时，我就更大胆了，索性和儿子一起，在大蟒身边蹲下来，看它有什么反应。那大蟒大概是受了惊吓，突然从草地上竖起身子，双目炯炯地盯着儿子，火红的舌头在嘴里一伸一缩，样子极其可怕。儿子却觉得很好玩，他的小手又向大蟒的头伸过去……说时迟，那时快，还没等儿子的小手触到大蟒的头，从兽笼后面猛地冲出一个小伙子，拉住蟒蛇的尾巴，一下子把大蟒拖开了。

"你！怎么啦？"小伙子愤怒而又困惑地指着我大喊，"你是不是有病，让小孩儿去玩大蟒，不要命啦！"

"这蟒蛇，会咬人吗？"我笑着问。

"不咬人，它也是蛇啊。如果被它咬一口，怎么办？"小伙子一边把大蟒关进笼子，一边摇着头，"我还是头一回看到一个做老子的把自己的儿

123

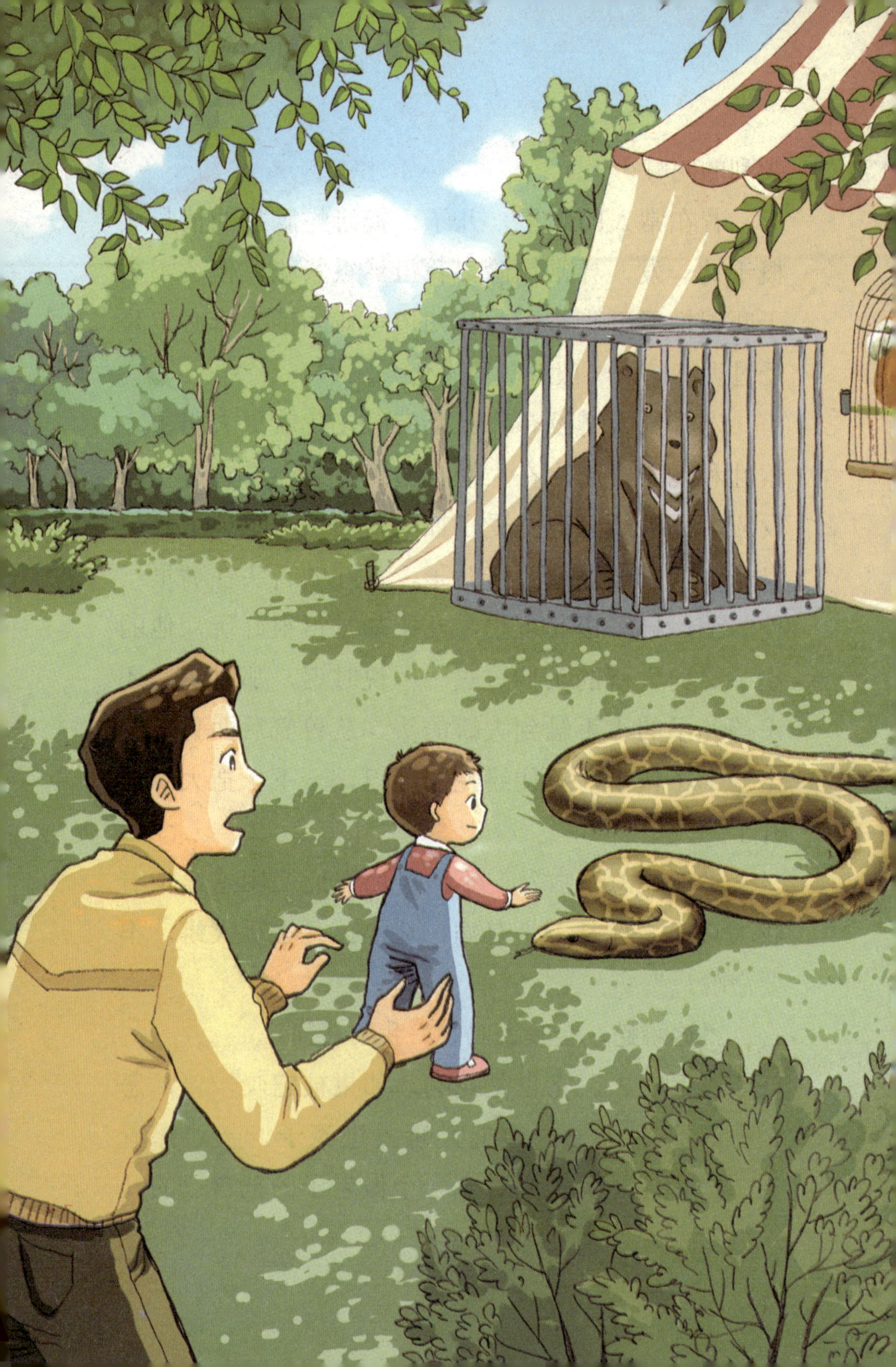

子往蛇嘴里送！告诉你，它一口能吞下一只兔子呢！"

我和那小伙子对话时，儿子仍然吵着要去和那条大蟒玩，他根本没有危险的意识。对那个把大蟒拖走的小伙子，他的意见可大了，嘴里不住嘟囔着："叔叔坏，叔叔坏，还我蛇蛇，还我蛇蛇。"

此时，被儿子亲热地称作"蛇蛇"的大蟒，正焦灼不安地在铁丝笼子里翻腾，血红的舌头从铁丝网里不停地往外吐着……

听着小伙子的话，再看笼子里的大蟒，我真有些后怕了。回想刚才那一幕，确实有点儿可怕，这样冒险，真是拿儿子的小命开玩笑了。我怎么成了如此鲁莽的父亲？

转眼这故事已经过去了六年多。儿子九岁了。在他后来接触的大部分故事中，无论是电影银幕、电视荧屏或是各种各样的书籍，蛇的形象差不多都是凶恶残忍的，在他的心目中，蛇简直成了邪恶的代名词。

在幼儿园里，他曾经为小朋友们背诵过《农夫与蛇》，得到过老师的表扬；在后来创作的图画中，他把蛇画成了面目狰狞的妖魔。其实，自打那次在马戏团的后院里摸大蟒之后,他再也没有机会接触过蛇。最近,我把他小时候不怕蛇的故事讲给他听,他几乎不敢相信。"真的吗?我敢去摸大蟒蛇的脑袋?""真的。"我又问他,"假如现在再叫你和一条大蟒蛇待在一起,你敢不敢?""当然不敢。"儿子不假思索地回答,回答完之后,他似乎有点儿想不通:"咦,奇怪了,难道我现在还不如小时候勇敢?"

我告诉他,并不是他现在不勇敢,而是他小时候还不懂什么是恐惧。

月光如泪

中国的二胡是一种很奇妙的乐器。它的结构，其实和小提琴差不多。琴筒相当于小提琴的琴身，琴杆相当于小提琴的琴颈；二胡两根弦，小提琴四根弦；琴马，弦轴，形状不同，功能相仿；弓的造型虽异，可用的都是马尾。两者发声的原理，也是一样的，弓弦摩擦出声，再经琴身共鸣，奏出千变万化的曲调。所以有西方人说，二胡是"东方的小提琴"。

其实，这话有所偏颇。小提琴，据说是由东方弦乐器在西方长期演变而成，到十五世纪末方才开始逐渐定型。二胡，最初并不是汉民族的乐器，而是来自西北的少数民族，所以称"胡琴"。

然而在西方的小提琴成形之前，中国人早就在拉胡琴了。宋人沈括在《梦溪笔谈》中有"马尾胡琴随汉车"这样的诗句。那时是公元十一世纪。而到元代，对胡琴就有更具体的描写，《元史·礼乐志》这样记载："胡琴，卷颈龙首，二弦用弓捩之，弓之弦以马尾。"这正是现代人看到的二胡。

所以，我们也可以说，小提琴，是"西方的二胡"。这当然是说笑而已。

在中国的民间音乐中，二胡拉出的曲子也许最能撩拨听者的心弦。我以为，用二胡拉悲曲远胜于奏欢歌。

很久以前，我听过瞎子阿炳用二胡拉《二泉映月》的录音，这是世上最动人的音乐之一。单纯的声音，缓慢悠扬的旋律，带着些许沙哑，在冥冥中曲折地流淌。说它是映照着月光的泉水，并不勉强。然而乐曲决不是简单地描绘自然，这是从一颗孤独寂寞的心灵中流淌出来的声音，这声音饱含着悲凉和辛酸，是历尽了人间悲苦沧桑后发出的深长叹息。

这是用泪水拉出的心曲，听着这样的音乐，我的心灵无法不随之颤抖。

我想，阿炳当年创作这首曲子，未必全是描绘二泉，更是对自己坎坷凄凉一生的感叹。

一把简简单单的二胡，竟能将一个艺术家跌宕的人生和曲折的情绪表达得如此优美动人，实在是奇迹。

在感叹音乐的奇妙时，我也为中国有二胡这样美妙的乐器而自豪。

后来，我听到小泽征尔指挥庞大的波士顿交响乐团演奏《二泉映月》。阿炳的二胡独奏，变成了许多小提琴的合奏。

在交响乐团奏出的丰富的旋律中，我眼前出现的仍是映照着月光的二泉，仍是阿炳孤独的身影，他黑暗的视野中看不到泉水，也看不到月光，然而谁能阻止他向世界敞开一个音乐家的多情的胸怀？谁能改变他倾诉苍凉心境的美妙语言？

我看到，站在指挥席上的小泽征尔，深深沉醉在《二泉映月》的旋律中，他的眼睛里闪烁着晶莹的泪光……

十多年前，在旧金山街头，我曾很意外地听到一次二胡独奏。那是在一条人迹稀少的街上，一阵二胡琴声从远处飘来，拉的正是《二泉映月》。在异国他乡，听到如此熟悉的中国乐曲，当然很亲切。可是走近了我才发现，拉二胡的竟是一个沿街行乞的中国人。这是一个中年男人，低着头，合着双眼，当众孤独，沉浸在自己的琴声里。他拉得非常好，丝毫没有走调，而且，把那种凄楚无奈的情绪表现得淋漓尽致。

　　我远远地看着他，不忍心走到他身边，然而琴声还是一声声叩动了我的心弦。听过无数次《二泉映月》，在旧金山街头，是我听得最伤感的一次。

智慧女神

她默默地站在我的书桌上，以平静超然的目光注视着我面前的稿纸。她显然在想她的心事，她的心事远在地球的另一面，在远离我数万里外的另一块大陆上……

她是我从墨西哥带回来的一尊铜像，墨西哥人把她称为智慧女神。

在墨西哥城的那个工艺品市场里，她并没有占据过太显著的位置，因为她不算太大，也没有奇特的造型。那些骑马或不骑马的堂·吉诃德们，那些持矛或挥剑的古希腊武士们，那些威风凛凛和雄牛对峙着的斗牛士们，那些翩然起舞的印第安女郎们，全都要比她显赫得多。当我站在这一大群形形色色的铜像前流连忘返时，陪同我的墨西哥朋友奇怪了：

"怎么，你想带一尊铜像回去？"

"是的，很想。"

"你想要哪一尊呢？"

我在犹豫。货架上的铜像都不错，但它们太笨重，而且价格昂贵，如果想买一尊带回去的话，恐怕要把我口袋里那点可怜的外币花得一干二净，而且回国的旅途，将因此而变得艰难——几十斤重的大家伙，怎么个带法？

"先生，你喜欢哪一尊？"

从货架后面传来一个小姑娘怯生生的声音，我这才发现了这个小铺的主人。这是一个十四五岁的小姑娘，一双棕色的大眼睛执着地注视着我，既热情，又诚恳，像盯着一个熟悉已久的老朋友。

陪我的墨西哥朋友告诉小姑娘。这是中国人，是作家。小姑娘惊喜地笑了。她毫不犹豫地从那一群使我眼花缭乱的铜像中挑出一尊比较小的，双手捧着送到我手中："你买这一尊吧。这是智慧女神，她会带给你智慧和幸运的，作家先生！"

于是我才发现了这尊铜像——一座带黄色大理石底座的胸像，看样子，像一个全副武装的古代武士，铠甲满身，头戴铜盔，铜盔上有一条瞪眼咧嘴的鳄鱼，铜盔下有波浪形长发垂落披散在肩头，这是唯一的女性象征。铜像的脸部表情平静而肃穆，似乎略含微笑。希腊神话中的智慧女神是雅典娜，在我的印象中，雅典娜不是这模样。雕像的底座上隐约镌刻有一行外文字母：MINERVA，不知是什么意思。也许，这是墨西哥人对智慧女神的称呼吧。

"作家先生，带一个智慧女神回中国去吧，你会把智慧和幸运一起带回去的！"小姑娘恳切地劝说着，清澈如水的目光中绝无商人的狡黠。

看来这是一个无法拒绝的建议。我花四千比索，买下了这尊智慧女神，其中包含着一个墨西哥小姑娘美好的祝愿。

坐汽车，坐飞机，飞越美洲大陆，飞越太平洋……铜像终于站立在我的书桌上了。我们相视无言，在沉默中度过了无数个白天和黑夜。我和铜像相处的时间，超过了我和妻儿相处的时间。

我的所有诗文，都在她默默的注视下完成。不管是白天还是在深夜，她总是以那种平静超然的目光看着我，平息着我的焦躁和烦恼。而我，也看惯了她的模样，连她的一些缺陷，我也都已一一习惯，譬如那高挺的鼻略有些歪，一双眼睛也大小不一……

她已经成了我书桌的一部分，成了我生活氛围的一部分。我几乎已忘记她是智慧女神。一天，一位来自远方的朋友走进我的书房，对这尊铜像大感兴趣。欣赏了半天，突然问道："这铜像雕的是谁？"听我说这是智慧女神，他不以为然地笑了：

"智慧女神？你被老外耍了，这哪里是什么智慧女神！"

我被老外耍了？我被那个有一双清澈如水的眼睛的墨西哥小姑娘耍了？我不愿相信事实会是这样。

朋友走了，疑问却留了下来。铜像在书桌上依然故我，目光中的平静和超然一如往昔，只是那微笑中似乎多出几分嘲讽来，她仿佛不时在发问：我是智慧女神，你信不信？

谁能回答这问题呢？铜像不会开口说话，我也不可能重返墨西哥考证核实。这难道将成为一个铜铸的谜语，凝固在我的书桌上？无意中，目光落在了铜像底座上那行隐约可辨的字母上：MINERVA。这几个字母到底代表什么？我查阅了书架上的《英汉词典》，没有这个词。莫非真是墨西哥民间雕刻家即兴胡乱拼凑成的一个词？

我的邻居中有一位老翻译家，精通多国文字，曾将数十部外国著作译成中文。何不求教于他呢？

"MINERVA，英语中没有这个单词。可能是人名。"老翻译家沉吟片刻，翻开了摊在桌上的那部半尺多厚的《英汉大词典》。

"哦，有了，MINERVA——密涅瓦，罗马神话中的智慧女神，即希腊神话中的雅典娜。"

老翻译家合上《英汉大词典》，微笑着注视我。我的心头如释重负。那个墨西哥小姑娘没有骗我。

回到书房，我找出《希腊罗马神话小辞典》，翻到了"雅典娜"的条目。条目的内容远比我想象的丰富：

智慧女神，女战神，即罗马神话中的密涅瓦。主神宙斯听他第一个妻子墨提斯说她将生一个女儿，她女儿的儿子将比宙斯强大，宙斯便将妻子墨提斯吞进肚里。当墨提斯要生产时，宙斯感觉头部疼痛，请火神赫斐斯托斯劈开了他的脑袋，雅典娜全身披戴铠甲从里面跃出。她把纺织、缝衣、油漆、雕刻、制陶等技术传授给人类。她与海神波塞冬相争，因出示第一棵橄榄枝而获胜，遂成为雅典城的保护神。她在无意中杀死了特里同的女儿帕拉斯，为了纪念帕拉斯，雅典娜便改名为帕拉斯，并自称帕拉斯·雅典娜。

这样，铜像的头盔和铠甲便有了合理的解释。至于头盔上那条狰狞的鳄鱼，大概属于雕刻家即兴的创造了。不过我还是无法把桌上的这尊铜像和辞典中的雅典娜联系起来。辞典中那个有着惊心动魄的经历和丰功伟绩的女神是难以接近的，她在冥冥之中威严地俯视着人世，她的目光中有睿智也有杀气。而我桌上的铜像目光永远平静超然，那条狰狞的鳄鱼也不能改变她的性格，反而更衬托出她的沉静。倘要在她的身上联想起什么人的话，我只能想起那位墨西哥小姑娘。我的耳边至今还会响起她的声音：

"作家先生，带一个智慧女神回中国去吧，你会把智慧和幸运一起带回去的！"

今月曾照古时人

最后一抹晚霞在天边消失时，青山和碧水悄然隐匿了白天的倩影，融化在越来越浓的夜色中，直到夜幕为大地披上神秘的面纱。远道而来的嘉陵江，在夜色中蜿蜒奔流，天地间所有的生灵，仿佛全都汇集在一江清波中，虽安谧文静，却万籁有声。此刻，我身在南充，面对被夜幕笼罩的山水浮想联翩。

天上的星星落在江面上，一片璀璨晶莹。白天的见闻，此时漾动于脑海，恰如眼前这闪动的星光。古往今来，从南充走出来多少智者贤者，司马相如、谯周、陈寿、黄辉、朱德、张澜、罗瑞卿……他们的文字和言行，镌刻在中国的文明史册中，千百年来辉映着这片奇丽的山水。

天上的很多星星，是以地上的人杰命名的。我想起了两个四川人，他们的名字已经成为夜空中行星的名字。一个是现代作家巴金，另外一个，就是南充人，古代阆中的天文学家落下闳。

落下闳何许人？这个名字，很多人也许不怎么熟悉，但每个中国人的生活都和他的智慧相关联。落下闳生活的年代，距今已有两千一百多年。他曾经站在嘉陵江畔，以他睿智的目光仰望星空，探索宇宙的无穷奥秘。他在天文学领域中创造和发现，在当时奇峰突起，达到一个前无古人的高度。落下闳的"浑天说"，是极富想象力的天文理论，他认为整个天体浑圆如一个巨大的蛋，天如同蛋壳，而地就像蛋黄。天上的日月星辰，每天都绕着南北两极不停旋转。他的理论，可贵处在于承认宇宙是运动变化的，而且这种运动和变化是有规律的。他发明制作了浑天仪，用来证明他的"浑天说"。那是一架巨大的天文仪器，是当时世界上最精密的天体观测仪，肉眼能看到的星座，都被精确地标刻在他的仪器上，仪器的转动，能演示出它们在天空运行的轨迹。在落下闳提出"浑天说"之后的一千六百年间，世界上一直没有其他理论比他的想象更接近宇宙的本相。西方的天文理论，直到十六世纪，仍然以"地心说"为正统，地是中心，宇宙围绕着地球转。哥白尼提出"日心说"，被认为是异端邪说，还为此丢了性命。

　　落下闳对人类最大的贡献，并非"浑天说"，而是他主持制定的《太初历》。西汉之前，中国一直沿用秦以来的轩辕历，这一古老历法并不精确，误差很大，无法准确反映四时交替和天象之变。当时执政的汉武帝决心修法，但京城的专家们并无把握，没有人敢担纲改革旧法，制定一部新历法。汉武帝便昭告天下，征召能人。落下闳从嘉陵江畔风尘仆仆赶到了长安，推荐他来京城的，是司马迁。一个从蜀地边城来的默默无名的人，能否担此大任？落下闳并不在意京城达官贵人们怀疑与不屑的目光，他经纶满腹，成竹在胸，有备而来，对新的历法，已潜心研究多年。落下闳生活的阆中，春夏秋冬四季分明，他用"连分数"的数学原理计算天文数据，精密合理地区分确定了一年四季的时令节气。当落下闳有机会表达自己的看法时，人们顷刻刮目相看。落下闳主持制定新的历法，花了七年时间。新历法颠覆了旧历，是中国历史上一次以科学方法实行的历法大改革，也是世界上第一部较为精密而完整的历法。汉武帝对落下闳制定的新历法非常满意，为之定名为"太初历"，并改元"太初"，在泰山举行隆重的封禅大典，庆贺新历法诞生。这"太初历"，就是沿用至今的中国农历。

在阆中，落下闳被人们亲切地称为"春节老人"，每年过春节时，当地百姓焚香设酒，祭拜这位"春节老人"。为何称落下闳为"春节老人"？在"太初历"诞生之前，中国人的新年并无统一规定，华夏各地的"元旦"，并不在同一天。"太初历"规定岁首为正月初一，这一天，就成为中国人的新年。两千多年来，春节一直是中国人生活中最重要的传统节日，正月初一，年之始，春之初，否极泰来，万象更新。古老的春节，常过常新，是中国人一个永无休止的期待。如今，春节这一天，不仅华夏大地万众同庆，全世界都为中国人的新年点灯笼，放鞭炮，舞龙狮。中国的春节喜气，为全人类带来祥和、快乐和希望。假如在阆中过春节，古城里的百姓人人都会对你说起落下闳。春节，是和他们这位智慧的先祖连在一起的。假如没有落下闳，没有两千多年前"太初历"的制定，也许就不会有今日全球华人共度同庆的春节。

落下闳作为制定"太初历"的功臣，为何没有封官加爵留在京城？史书少有记载，但阆中人知道。落下闳的事迹和成就，在他的家乡代代相传，妇孺皆知。落下闳的志向并非做官，他更感兴趣的是天文。"太初历"诞生后，落下闳辞官返乡，归隐故里。他心里很明白，与其在官场周旋，在朝廷看人脸色，不如回到嘉陵江边，回到山清水秀的家乡，朝观旭日，夜望星空，自由翱翔在属于他自己的浩瀚宇宙之中。

那天，我登上临江的锦屏山，在山上俯瞰嘉陵江对岸的阆中古城，碧水环绕的一大片青黑色屋脊，勾勒出千年古城恢宏的轮廓。这可是落下闳生活过的地方？两千多年的岁月太遥远，古城里恐怕难寻先哲脚印。我想，落下闳的足迹，其实早已铭刻在南充的山水之间，这里每一座山峰，每一条溪涧，都可能留下他探索的屐痕。锦屏山顶有一座观星楼，从山坡拾级而上，到山顶平台时，我竟和落下闳不期而遇。这位两千多年的智者，默默伫立在观星楼前，迎接上山的每一个人。这是一尊青铜雕塑，是现代人对这位伟大科学家的想象，他站在山顶上，抬头仰望着天空，瘦削的身形，清癯的面容，深邃的目光。他的身边，是青铜浑天仪的模型，四条腾舞的青龙，托起一组大小不等的圆环，环环相叠，演示着天体的运行。千年岁月，仿佛凝固在这青铜的雕塑之中，而宇宙的秘密，又仿佛深涵在落下闳仰望星月的目光里。

月亮从远山背后升起来，柔和的银辉泻在江面上，嘉陵江成了一条流动的月光之河，从我脚下，一直流向遥远的天边。天和地，在月光里融化成一个整体。眼前的奇妙景象，两千多年前的落下闳一定也见过吧，而他抬头望见的星空，和我今日抬头所见，应该是一样的情景。很自然地，想起了李白的《把酒问月》："今人不见古时月，今月曾经照古人。古人今人若流水，共看明月皆如此。"

城中天籁

在城里住久了,有时感觉自己是笼中之鸟,天地如此狭窄,视线总是被冰冷的水泥墙阻断,耳畔的声音不外车笛和人声。

走在街上,成为汹涌人流中的一滴水,成为喧嚣市声中的一个音符,脑海中那些清净的念头,一时失去了依存的所在。

我在城中寻找天籁。她像一个顽皮的孩童,在水泥的森林里和我捉迷藏。

我听见她在喧嚣中发出幽远的微声:只要你用心寻找,静心倾听,我无处不在。我就在你周围悄然成长着,蔓延着,你相信吗?

想起了陶渊明的诗句:"结庐在人境,而无车马喧。问君何能尔?心远地自偏。"在人海中"结庐",又能躲避车马喧嚣,可能吗?诗人自答:"心远地自偏。"只要精神上远离了人间喧嚣倾轧,周围的环境自会变得清静。

这首诗,接下来就是无人不晓的名句:"采菊东篱下,悠然见南山。"我的住宅周围没有篱笆,

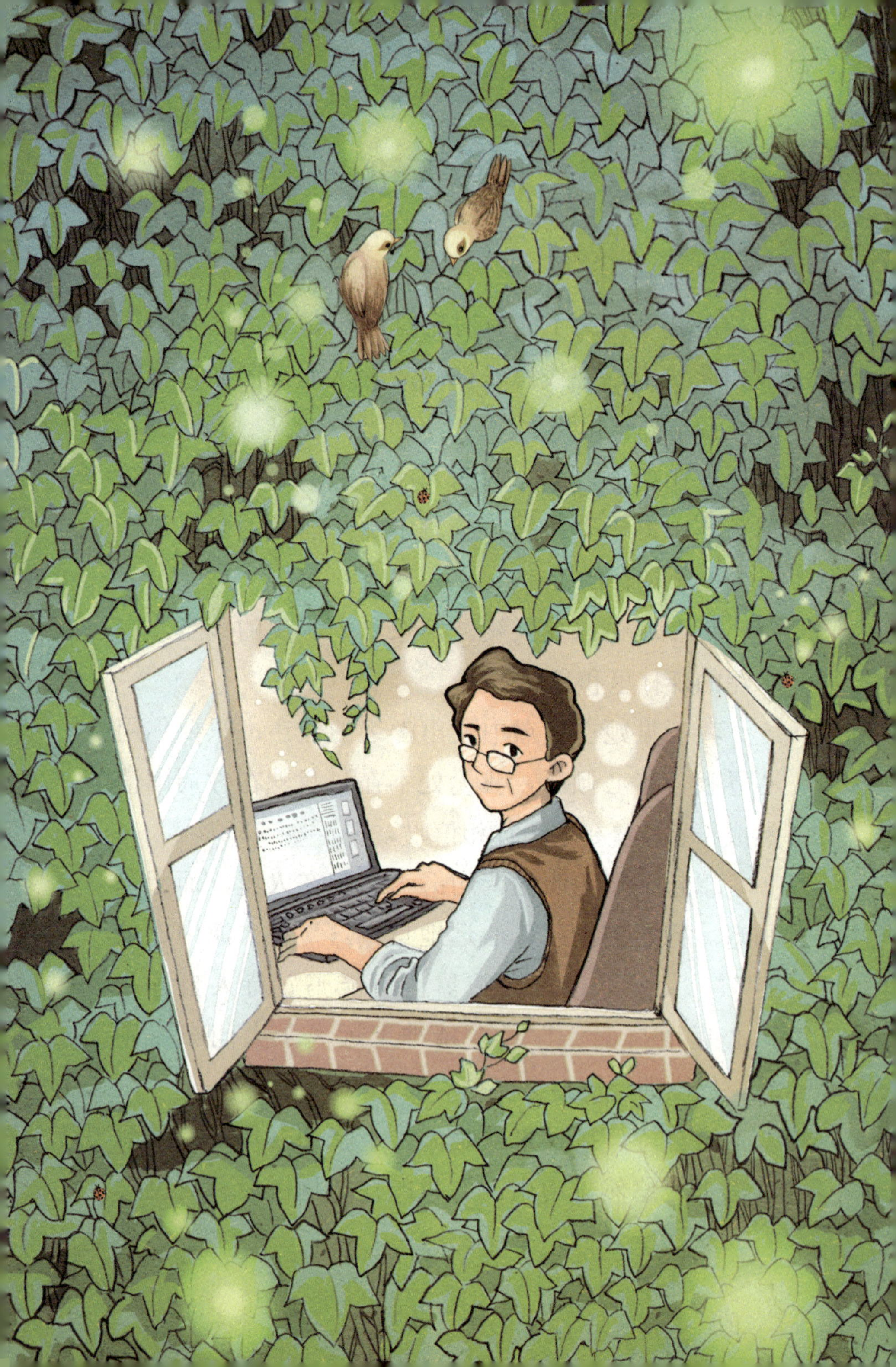

也无菊可采，抬头所见，只有不远处的水泥颜色和邻人的窗户。

我书房门外走廊的东窗外，一缕绿荫在风中飘动。

我身居闹市，住在四层公寓的三楼，这是大半个世纪前建造的老房子。这里的四栋公寓从前曾被人称为"绿房子"，因为，这四栋楼房的墙面，被绿色的爬山虎覆盖，除了窗户，外墙上遍布绿色的藤蔓和枝叶。

在灰色的水泥建筑群中，这几栋爬满青藤的小楼，就像一片青翠的树林凌空而起，让人感觉大自然还在这个人声喧嚣的都市里静静地成长。我当年选择搬来这里，很重要的原因就是因为这些爬山虎。

搬进这套公寓时，是初冬，墙面上的爬山虎早已褪尽绿色，只剩下无叶的藤蔓，蚯蚓般密布墙面。

住在这里的第一个冬天，我一直心存担忧，这些枯萎的藤蔓，会不会从此不再泛青。我看不见自己窗外的墙面，只能观察对面房子墙上的藤蔓。

整个冬天，这些藤蔓没有任何变化，在凌厉的

寒风中，它们看上去已经没有了生命的迹象。

　　寒冬过去，风开始转暖，然而墙上的爬山虎依然不见动静。每天早晨，我站在走廊里，用望远镜观察东窗对面墙上的藤蔓，希望能看到生命复苏的景象。

　　终于，那些看似干枯的藤蔓开始发生变化，一些暗红色的芽苞，仿佛是一夜间长成，起初只是米粒大小，密密麻麻，每日见大，不到一个星期，芽苞便纷纷绽开，吐出淡绿色的嫩叶。

　　僵卧了一冬的藤蔓，在春风里活过来，新生的绿色茎须在墙上爬动，它们不动声色地向上攀援，小小的嫩叶日夜长大，犹如无数绿色的小手掌，在风中挥舞摇动，永不知疲倦。

　　春天的脚步，就这样轰轰烈烈地在水泥墙面上奔逐行走。没有多少日子，墙上已是一片青绿。而我家里的那几扇东窗，成了名副其实的绿窗。窗框上，不时有绿得近乎透明的卷须和嫩叶探头探脑，日子久了，竟长成轻盈的窗帘，随风飘动。透过这绿帘望去，窗外的绿色层层叠叠，影影绰绰，变幻不定，心里的烦躁和不安仿佛都被悄然过滤。

在我眼里，窗外那一片绿色，是青山，是碧水，是森林，是草原，是无边无际的田野。此时，很自然地想起陶渊明的诗，改几个字，正好表达我喜悦的心情："觅春东窗下，悠然见青山。"

有绿叶生长，必定有生灵来访。爬山虎的枝叶间，时常可以看到蝴蝶翩跹，能听到蜜蜂的嗡嗡欢鸣，蜻蜓晶莹的翅膀在叶梢闪烁，还有不知名的小甲虫，背着黑红相间的甲壳，不慌不忙地在晃动的茎须上散步。也有壁虎悄悄出没，那银灰色的腹部在绿叶间一闪而过，犹如神秘的闪电。对这些自由的生灵们来说，这墙上的绿荫，就是它们辽阔浩瀚的原野山林。

爬山虎其实和森林里的落叶乔木一样，一年四季经历着生命盛衰的轮回，也让我见识着生命的坚忍。

爬山虎的叶柄处有脚爪，是这些小小的脚爪抓住了墙面，使藤蔓得以攀援而上，用表情丰富的生命色彩彻底改变了僵硬冰冷的水泥墙。

爬山虎的枝叶到底有多少色彩，我一时还说不清楚。春天的嫩红浅绿，夏日的青翠墨绿，让人赏心悦目。

爬山虎也开花，初夏时分，浓绿的枝叶间出现点点金黄，有点儿像桂花。它们的香气，我闻不到，蝴蝶和蜜蜂们闻到了，所以它们结伴而来，在藤蔓间上上下下忙个不停。

爬山虎的花开花落，没有一点儿张扬，都是在不知不觉之中。花开之后也结果，那是隐藏在绿叶间的小小浆果，呈奇异的蓝黑色。这些浆果，竟引来飞鸟啄食。麻雀、绣眼、白头翁、灰喜鹊，拍着翅膀从我窗前飞过，停栖在爬山虎的枝叶间，觅食那些小小的浆果。

彩色的羽翼和欢快的鸣叫，掠过葳蕤的绿叶、柔曼的藤须，在我的窗外融合成生命的交响诗。

秋风起时，爬山虎的枝叶由绿色变成橙红色，又渐渐转为金黄，这真是大自然奇妙的表演。

秋日黄昏，金红的落霞映照着窗外的红叶，使我想起色彩斑斓的秋山秋林，也想起古人咏秋的诗句，尽管景象不同，但却有相似意境，"树树皆秋色，山山唯落晖"，"山明水净夜来霜，数树深红出浅黄"。

一天，一位对植物很有研究的朋友来看我。他看着窗外的绿荫，赞叹了一番，突然回头问我："你知道爬山虎还有什么名字吗？"

我茫然。

朋友笑笑，自答道："它还有很多名字呢，常青藤、红丝草、爬墙虎、红葛、地锦、捆石龙、飞天蜈蚣、小虫儿卧草……"

他滔滔不绝地说出一长串名字，让我目瞪口呆，却也心生共鸣。这些名字，一定都是细心观察过爬山虎生长的人创造的。

朋友细数了爬山虎的好处，它们是理想的垂直

绿植，既能美化环境，调节空气，又能降低室温。它们还能吸收噪音，吸附飞扬的尘土。爬山虎对建筑物，没有任何伤害，只起保护作用。潮湿的天气，它们能吸去墙上的水分，干燥的时候，它们能为墙面保持湿度。

朋友叹道："你的住所，能被这些常青藤覆盖，是福气啊。"

我从前曾在家里种过一些绿叶植物，譬如橡皮树、绿萝、龟背竹，却总是好景不长。也许是我浇水过了头，它们渐渐显出萎靡之态，先是根烂，然后枝叶开始枯黄。目睹着这些绿色的生命一日日衰弱，走向死亡，却无力挽救它们，实在是一件苦恼的事情。而窗外的爬山虎，无须我照顾，却长得蓬勃茁壮，热风冷雨、炎阳雷电，都无法破坏它们的自由成长。

爬山虎在我的窗外生长了五个春秋，我以为它们会一直蔓延在我的视野，让我感受大自然无所不在的神奇。也曾想把我的"四步斋"改名为"青藤斋"。谁知这竟成为我的一个梦想。

那是一个盛夏的午后，风和日丽。我无意中发现，挂在我窗外的绿色藤蔓，似乎有点儿干枯，藤蔓上的绿叶萎头萎脑，失去了平日的光泽。窗子对面楼墙上那一大片绿色，也显得比平时暗淡。

这是什么原因？我研究了半天，无法弄明白。

第二天早晨，窗外的爬山虎依然没有恢复应有的生机。经过一天烈日的晒烤，到傍晚时，满墙的绿叶都呈萎缩之态。

会不会是病虫之患？我仔细察看那些萎缩的叶瓣，没有发现被虫蛀咬的痕迹。

第三天早晨起来，希望看到窗外有生命的奇迹出现，拉开窗帘，竟是满眼惨败之相。那些挂在窗台上的藤蔓，已经没有一点儿湿润的绿意，就像晾在风中的咸菜干。而墙面上的绿叶，都已经枯黄。

这些生命力如此旺盛的植物，究竟遭遇了什么灾难？

我走出书房，到楼下查看，在墙沿的花坛里，看到了触目惊心的景象：碗口粗的爬山虎藤，竟被人用刀斧在根部齐齐切断！

四栋公寓楼下的爬山虎，遭遇了相同的厄运。这样的行为，无异于一场残忍的谋杀。生长了几十年的青藤，可以抵挡大自然的风雨雷电，却无法抵挡人类的刀斧。

后来我才知道，砍伐者的理由很简单，老公寓的外墙要粉刷，爬山虎妨碍施工。他们认为，新的粉墙，要比爬满青藤的绿墙美观。未经宣判，这些美妙的生命，便惨遭杀戮。

断了根的爬山虎还在墙上挣扎喘息。绿叶靠着藤中的汁液，在烈日下又坚持了几天，一周后，满墙绿叶都变成了枯叶。

不久，枯叶落尽，只留下绝望的藤蔓，蚯蚓般密布墙面，如同神秘的天书，也像是抗议的符号。这些坚忍的藤蔓，至死都不愿意离弃水泥墙，直到粉墙的施工者用刀铲将它们铲除。

"绿房子"从此消失。这四栋公寓楼，改头换面，消失了灵气和个性，成了奶黄色的新建筑，混迹于周围的楼群中。

也许是居民们的抗议，有人在楼下的花坛里补种了几株紫藤。也是柔韧的藤蔓，也是摇曳的绿叶和嫩须，一天天，沿着水泥墙向上攀爬……

紫藤，你们能代替死去的爬山虎吗？

作家和你面对面

各位同学，读了赵丽宏的散文，你想更多地了解作家的生活吗？你想听听作家谈谈他的创作吗？让我们和作家面对面，聊一些有趣的话题吧。

您最喜欢的动物

我喜欢鸟，喜欢这些自由的生灵。我喜欢看它们展翅飞翔的身影，喜欢听它们婉转美妙的鸣唱。因为有鸟，世界也变得灵动。

您生活过的地方

我生在上海，长在上海，上海是我生活时间最长的地方。年轻时，我曾到我的故乡崇明岛生活过几年，乡村和大自然，令我神往。我喜欢旅行，到过世界很多地方。

您的业余爱好

我爱听音乐，音乐是我生活的一部分。我常去音乐厅，更多的时候，是在家里听。身心被优美的音乐包围，是人生之妙境。

您最喜欢的书

在不同的年龄，曾经喜欢过不同的书，世上的好书浩如烟海，作为读者，穷尽一生也只能浏览其中一个小小角落。我无法在这里开一个书单，只是想说：尽可能多读一些已经有定论的好书，古今中外，皆可入选。

您开始写作的时间

我是在崇明岛下乡"插队落户"时开始文学创作的,那是1970年,距今四十多年了。

您已经出版的作品

我出版了七十多本书,其中有散文,有诗歌,有小说,也有文学和艺术评论。

您最新出版的是什么书

最近出版了长篇小说《童年河》,是以我少年时代的生活为创作素材和背景的儿童文学。

您对小学生阅读的建议

不要沉迷于游戏和网络,静下心来,多读几本有价值的好书,使阅读成为生活中不可或缺的内容。要学会从阅读中感受文字的魅力,认识辽阔的世界,通过阅读,积累渊博的知识,做一个有优雅品位和高贵情操的人。

编 后

2011年版《义务教育语文课程标准》明确提出："要重视培养学生广泛的阅读兴趣，扩大阅读面，增加阅读量，提高阅读品位。提倡少做题，多读书，好读书，读好书，读整本的书。"可是，读哪些作家的作品，读作家的哪些作品，需要仔细思考、选择。

语文教材中选用了一些作家的作品，这些作家的作品受到学生的喜爱，也说明他们的创作质量达到了相当高度。"人教版语文同步阅读·课文作家作品系列"让学生学完课文后，延伸阅读该作家的其他文章，是拓展阅读面、了解作家作品的重要方式。编者根据小学低、中、高年级的阅读能力和阅读要求，精心选择文章，按照难易程度排列。

每本书书末还编排了"作家和你面对面"单元，用问答的形式了解作家的经历和创作，增加了阅读的活泼度，提供了背景资料。

走近作家，爱上阅读！

编者

2014年1月